**CLÁSSICOS DA
LITERATURA UNIVERSAL**

A MÁQUINA DO TEMPO

O livro é a porta que se abre para a realização do homem.
Jair Lot Vieira

H. G. WELLS

A máquina do tempo

Uma invenção

Tradução e notas
Marina Petroff

VIA LEITURA

Copyright da tradução e desta edição © 2017 by Edipro Edições Profissionais Ltda.

Título original: *The Time Machine*. Publicado originalmente em Nova York, Estados Unidos, em 1895, por Henry Holt and Company. Traduzido a partir da 1ª edição.

Todos os direitos reservados. Nenhuma parte deste livro poderá ser reproduzida ou transmitida de qualquer forma ou por quaisquer meios, eletrônicos ou mecânicos, incluindo fotocópia, gravação ou qualquer sistema de armazenamento e recuperação de informações, sem permissão por escrito do editor.

Grafia conforme o novo Acordo Ortográfico da Língua Portuguesa.

1ª edição, 1ª reimpressão 2023.

Editores: Jair Lot Vieira e Maíra Lot Vieira Micales
Coordenação editorial: Fernanda Godoy Tarcinalli
Produção editorial: Carla Bitelli
Capa: Marcela Badolatto | Studio Mandragora
Preparação: Flávia Yacubian
Revisão: Carla Bitelli e Guilherme Kroll
Editoração eletrônica: Balão Editorial

Dados Internacionais de Catalogação na Publicação (CIP)
(Câmara Brasileira do Livro, SP, Brasil)

Wells, H. G., 1866-1946

A máquina do tempo: uma invenção / H. G. Wells; tradução e notas Marina Petroff. – São Paulo: Via Leitura, 2017. – (Coleção Clássicos da Literatura Universal).

Título original: The Time Machine

ISBN 978-85-67097-38-1 (impresso)
ISBN 978-65-87034-06-5 (e-pub)

1. Ficção científica inglesa I. Título II. Série.

17-01590   CDD-823.914

Índice para catálogo sistemático:
1. 1. Ficção científica :
Literatura inglesa : 823.914

Via Leitura

São Paulo: (11) 3107-7050 • Bauru: (14) 3234-4121
www.vialeitura.com.br • edipro@edipro.com.br
@editoraedipro   @editoraedipro

*Tolo! Tudo o que é absoluto dura
sempre além da recordação.*
                    Browning

Nota do autor

"The Time Traveler's Story" e uma parte do diálogo introdutório foram publicados como uma série no *New Review*. Diversas passagens descritivas da história foram publicadas antes em forma de diálogo no *National Observer*, e a explicação dos "princípios" da viagem no tempo, transcrita neste volume, foi publicada no último jornal. Desejo fazer os agradecimentos usuais.

H.G.W.

A máquina do tempo

1. O inventor

O homem que construiu a Máquina do Tempo – que chamarei de Viajante do Tempo – era bem conhecido nos círculos científicos havia já alguns anos, e o fato de seu desaparecimento também é bastante conhecido. Era um matemático de sutileza singular e um de nossos mais notáveis investigadores de física molecular. Não se limitava à ciência abstrata. Eram suas diversas patentes engenhosas e uma ou duas lucrativas; muito lucrativas, estas últimas, conforme testemunhava sua bela casa em Richmond. Para aqueles que lhe eram íntimos, entretanto, suas investigações científicas não eram nada em comparação a seu dom de discursar. Nas horas que se seguiam ao jantar, era sempre um locutor variado, e às vezes seus conceitos fantásticos, com frequência paradoxais, ficavam tão densos e próximos a ponto de formar um discurso contínuo.

Nessas horas ele era o mais diferente possível da noção popular de pesquisador científico. Suas bochechas coravam, os olhos brilhavam e, quanto mais estranhas as ideias que pipocavam e inundavam sua mente, mais feliz e animada era sua exposição.

Até o fim, acontecia em sua casa um tipo de reunião informal, que tive o privilégio de presenciar e onde, vez ou outra, encontrei a maioria de nossos homens notáveis do mundo literário e científico. Havia um jantar simples às sete. Em seguida, passávamos para uma sala com espreguiçadeiras e mesinhas, e ali, entre bebidas alcoólicas e cachimbadas fedorentas, invocávamos a divindade. No início, a conversa era uma tagarelice fragmentada, com algumas lacunas locais de silêncio digestivo, mas, por volta das nove, nove e meia, se os deuses fossem favoráveis, algum tópico em particular triunfaria, por meio de seleção natural, e se tornaria de interesse geral. Foi assim, eu lembro, na última quinta-feira, uma especial – a quinta-feira em que ouvi pela primeira vez a respeito da Máquina do Tempo.

Fiquei confinado em um canto com um cavalheiro, ao qual darei o nome fictício de Filby. Ele vinha criticando Milton – o público negligenciava vergonhosamente os versos do pobre Filby; como não consegui pensar em nada além do status de Filby em relação ao do homem que ele criticava, e era tímido demais para discutir isso, a chegada desse momento de fusão, quando nossas várias conversas repentinamente convergiam para uma discussão geral, foi de grande alívio para mim.

– Que bobagem é essa? – questionou o famoso Médico, dirigindo-se ao Psicólogo, do outro lado de Filby.

– Ele acredita – explicou o Psicólogo – que o tempo não é nada mais que um tipo de Espaço.

– Não se trata de acreditar – corrigiu o Viajante do Tempo –, mas sim de conhecimento.

– Explicação presunçosa – criticou Filby, ainda incomodado com os erros do outro; mas fingi grande interesse nessa questão de Espaço e Tempo.

– Kant... – começou o Psicólogo.

– Esqueça Kant – cortou o Viajante do Tempo. – Estou dizendo que tenho razão. Tenho evidências experimentais. Não sou um metafísico. – Ele se dirigiu ao Médico, no outro extremo da sala, agregando assim o grupo inteiro ao seu próprio círculo.

– É o mais promissor ponto de partida de trabalho experimental já realizado. Simplesmente revolucionará a existência. Só Deus sabe como será a vida depois disso.

– Desde que não seja o elixir da vida eterna, pouco me importo – retorquiu o famoso Médico. – Do que se trata?

– Um paradoxo apenas – comentou o Psicólogo.

O Viajante do Tempo não respondeu, mas sorriu e começou a bater o cachimbo no aparador. Era o prenúncio invariável de um discurso.

– Vocês precisam admitir que o tempo é uma dimensão espacial – disse o Psicólogo, encorajado pela imunidade, dirigindo-se ao Médico –, então toda sorte de consequências notáveis é inevitável. Entre outras coisas, isso torna possível a viagem no tempo.

O Viajante do Tempo abafou uma risada.

– Você esquece que provarei isso experimentalmente.

– Vamos ao seu experimento – pediu o Psicólogo.

– Acho que gostaríamos de ouvir o raciocínio antes – interrompeu Filby.

– Ouçam – começou o Viajante do Tempo. – Prestem muita atenção no que vou dizer. Terei que contestar uma ou duas ideias quase universalmente aceitas. A geometria que nos ensinam na escola, por exemplo, baseia-se em uma concepção errônea.

– Não será demais esperar que comecemos daí? – questionou Filby.

– Não espero que aceitem nada sem um fundamento razoável. Logo concordarão comigo. Sabem, é claro, que uma linha matemática, uma linha com espessura *zero*, não tem existência real. Não lhes ensinaram isso? O mesmo ocorre com um plano matemático. São meras abstrações.

– Isso está correto – concordou o Psicólogo.

– Nem mesmo um cubo, tendo apenas comprimento, largura e altura, pode ter existência real.

– Devo contestar – argumentou Filby. – É claro que um corpo sólido pode existir. Todas as coisas reais...

– Assim pensa a maioria das pessoas. Mas espere um momento. Será que um cubo instantâneo pode existir?

– Não consegui acompanhar – confessou Filby.

– Será que um cubo que não dura nem um momento tem existência real?

Filby ficou pensativo.

– É claro – prosseguiu o Inventor Filosófico – que qualquer corpo real deve se estender em *quatro* dimensões: comprimento, largura, altura e... duração. Devido a uma natural debilidade da carne, que explicarei em seguida, tendemos a negligenciar esse fato. Na realidade, há quatro dimensões: as três que chamamos de três planos do Espaço e uma quarta – o Tempo. Há, porém, uma tendência a traçar uma distinção irreal entre as primeiras três dimensões e a quarta, porque acontece que nossa consciência se move de modo intermitente em uma única direção ao longo desta última, do início ao fim de nossa vida.

– Isso – concordou um Rapazinho, fazendo um esforço espasmódico para reacender o charuto na lamparina –, isso está bem claro, realmente.

– Agora, é bastante notável que esse fato seja amplamente negligenciado – continuou o Inventor Filosófico, ligeiramente eufórico. – Na verdade, isso é o que se entende por Quarta Dimensão, embora algumas pessoas que falam a respeito não saibam que é dela que falam. É só uma outra maneira de ver o Tempo. *Não há diferença nenhuma entre o Tempo e qualquer uma das outras três dimensões espaciais exceto que nossa consciência se move ao longo dele.* Mas alguns tolos se apossaram da faceta errônea dessa ideia. Vocês já ouviram o que eles dizem a respeito da Quarta Dimensão?

– Eu não – confessou o Governador da Província.

– É simplesmente isto: o espaço, conforme nossos matemáticos o veem, teria três dimensões, que podemos chamar de Comprimento, Largura e Altura, e é sempre definível tomando-se por referência esses planos, cada um em ângulo reto em relação ao outro. Mas alguns pensadores se perguntaram por que *três* dimensões em particular. Por que não outra direção em ângulo reto em relação às outras três? Até tentaram construir uma Geometria Quadridimensional. O professor Simon Newcomb expôs isso à Sociedade Matemática de Nova York apenas um mês atrás. É sabido que, sobre uma superfície plana, que tem apenas duas dimensões, pode-se representar um sólido tridimensional; da mesma forma, eles acreditam que por meio de modelos com três dimensões poderiam representar um com quatro... caso conseguissem dominar a perspectiva da coisa. Entenderam?

– Acho que sim – murmurou o Governador da Província e, franzindo as sobrancelhas, mergulhou em estado introspectivo, movendo os lábios como a repetir palavras místicas. – É, acho que agora entendi – confirmou depois de um tempo, animando-se momentaneamente.

– Bem, não me importo de contar que venho trabalhando com essa geometria de quatro dimensões há algum tempo. Alguns de meus resultados são curiosos: por exemplo, aqui está um retrato de um homem com oito anos, outro aos quinze, outro ainda aos dezessete, aos vinte e três e assim por diante. Evidentemente, todos são seções tridimensionais de seu ser quadridimensional, que é uma coisa fixa e inalterável.

– Os cientistas – avaliou o Filósofo, após a pausa necessária para assimilarmos adequadamente – sabem que o Tempo é só um tipo de Espaço. Aqui está um popular diagrama científico, um registro do clima. Esta linha que eu traço com o dedo mostra o movimento do barômetro. Ontem ela estava bem alta, à noite caiu, e esta manhã voltou a subir bem devagar até aqui. Com certeza o mercúrio não traçou esta linha em nenhuma das dimensões do espaço comumente reconhecidas, mas é certo que traçou a linha, e devemos concluir que esta linha, daí por diante, seguiu a Dimensão do Tempo.

– Mas se o Tempo – observou o Médico, o olhar fixo no carvão na lareira – é realmente apenas uma quarta dimensão do Espaço, qual é a razão disso e por que foi sempre visto como algo diferente? E por que não podemos nos mover no Tempo como nos movemos nas outras dimensões do Espaço?

A Pessoa Filosófica sorriu.

– Tem certeza de que podemos nos mover livremente no Espaço? Podemos seguir à esquerda e à direita, para a frente e para trás com bastante liberdade, e a humanidade sempre fez isso. Admito que nos movemos livremente em duas dimensões, mas e quanto a ir para cima e para baixo? Aí a gravidade nos limita.

– Não exatamente – disse o Médico. – Existem balões.

– Mas antes dos balões, a não ser pelos saltos intermitentes e as imperfeições da superfície, o homem não tinha liberdade para se mover no sentido vertical.

– Ainda assim, podia mover-se um pouco para cima e para baixo – disse o Médico.

– É mais fácil, bem mais fácil, se mover para baixo do que para cima.

– E não há nenhum modo de se mover ao longo do Tempo. Não há como sair do momento presente.

– Meu caro, é justamente aí que o senhor se engana. É justamente aí que o mundo todo se engana. Estamos em constante distanciamento do momento presente. Nossa existência mental, que é imaterial e não tem nenhuma dimensão, se move ao longo da Dimensão do Tempo com velocidade constante do berço ao túmulo. Exatamente como viajaríamos *para baixo* se começássemos nossa existência oitenta quilômetros acima da superfície terrestre.

– Mas aí é que está a grande dificuldade – interrompeu o Psicólogo. – *É possível* mover-se em todas as direções do Espaço, mas não é possível fazer o mesmo no Tempo.

– Esse é o germe de minha grande descoberta. Mas você está errado ao afirmar que não podemos nos mover no Tempo. Por exemplo, se me lembro com clareza de um incidente, volto ao instante de sua ocorrência; fico distraído, como se diz. Por um momento, dou um salto para trás. É claro que não tenho como permanecer lá nem por uma fração de segundo, do mesmo modo como um selvagem ou um animal não tem como ficar um metro e oitenta acima do solo. Mas um homem civilizado é mais bem aparelhado que um selvagem nesse aspecto. Ele pode ascender contra a gravidade em um balão, e por que não poderíamos esperar que, no fim, ele conseguisse parar ou acelerar à deriva ao longo da Dimensão do Tempo, ou mesmo virar e viajar em outra direção?

– Ora, *isso* – começou Filby – é tudo...

– Por que não? – questionou o Inventor Filosófico.

– Contradiz a razão – explicou Filby.

– Qual razão? – perguntou o Inventor Filosófico.

– Você pode, por meio de argumentação, mostrar que o preto é branco – alertou Filby –, mas jamais me convencerá.

– Pode ser que não – concordou o Inventor Filosófico. – Mas agora vocês começaram a perceber o objeto de minhas investigações sobre a geometria das Quatro Dimensões. Muito tempo atrás, tive um vago vislumbre de uma máquina...

– Para viajar no Tempo – completou o Rapazinho.

– Que viajaria indistintamente em qualquer direção de Espaço e Tempo, conforme a determinação do condutor.

Filby contentou-se em rir.

– Seria extremamente conveniente – sugeriu o Psicólogo. – Alguém poderia voltar no Tempo e testemunhar a batalha de Hastings.[1]

– Não acha que chamaria atenção? – questionou o Médico. – Nossos antepassados não tinham muita tolerância para anacronismos.

– Alguém poderia aprender grego diretamente com Homero e Platão – raciocinou o Rapazinho.

– Nesse caso, seria certamente reprovado no idioma. Os acadêmicos alemães incrementaram bastante o grego.

– Então, existe o futuro – prosseguiu o Rapazinho. – Pensem só! Alguém poderia investir todo o seu dinheiro, deixá-lo acumulando juros, e se projetar adiante.

– Só para descobrir uma sociedade – ironizei – erguida sobre uma base estritamente comunista.

– De todas as teorias extravagantes e estranhas... – começou o Psicólogo.

– Sim, foi o que me ocorreu, então nunca disse nada a respeito, até que...

– Verificação experimental! – exclamei. – Você vai verificar *isso*!

– O experimento! – gritou Filby, já com certo cansaço mental.

---

1. Batalha travada em 1066 entre o exército franco-normando, com força superior em cavalaria, e o inglês, que tinha a melhor infantaria. Resultou em vitória decisiva dos normandos e marcou o fim de uma dinastia e o início da Guerra dos Cem Anos, envolvendo a França e a Inglaterra. (N.T.)

– Vejamos seu experimento, de qualquer modo – sugeriu o Psicólogo –, embora tudo não passe de um embuste.

O Viajante do Tempo sorria para todos. Então, ainda com um leve sorriso nos lábios, as mãos enfiadas nos bolsos da calça, caminhou devagar para fora do recinto, e ouvimos seus chinelos se arrastando pela longa passagem até o laboratório.

O Psicólogo nos encarou.

– Fico só imaginando o que será que ele conseguiu.

– Algum tipo de truque de mãos – opinou o Médico, e Filby tentou contar sobre um mágico que vira em Burslem, mas antes que tivesse terminado a introdução o Viajante do Tempo retornou, abortando a narrativa de Filby.

A coisa que o Viajante do Tempo segurava era uma moldura metálica brilhante, pouco maior que um relógio pequeno, de confecção bastante delicada. Nela havia marfim e alguma substância cristalina transparente. E, como devo ser explícito nisso devido ao que se segue – a menos que sua explicação seja aceita –, tratava-se de algo absolutamente enigmático. Ele pegou uma das mesinhas octogonais espalhadas pela sala e colocou-a em frente à lareira acesa, com dois de seus pés posicionados sobre o tapetinho da lareira. Depositou então o mecanismo sobre essa mesa, pegou uma cadeira e se sentou. O único outro objeto sobre a mesa era uma pequena lamparina com cúpula, cuja luz brilhante iluminava o modelo. Havia ainda umas doze velas por perto, duas em candelabros de cobre sobre a cornija e as outras em candeeiros, de modo que a sala tinha iluminação abundante. Eu me sentei em uma poltrona baixa, mais perto do fogo, colocando-a um pouco para a frente de modo a me posicionar quase entre o Viajante do Tempo e a lareira. Filby sentou-se atrás dele, olhando por sobre seu ombro. O Médico e o Reitor o viam de perfil pelo lado direito; o Psicólogo, pelo esquerdo. Estávamos todos alertas, e me parece pouco plausível que qualquer tipo de truque, não importa o quanto fosse sutil ou habilmente executado, possa ter sido praticado naquelas circunstâncias.

O Viajante do Tempo olhou para nós e depois para o mecanismo.

– E aí? – indagou o Psicólogo.

– Esta engenhoca – explicou o Viajante do Tempo, apoiando os cotovelos sobre a mesa e juntando as mãos com força sobre o aparelho – não passa de um modelo. É o meu plano de uma máquina para viajar no Tempo. Notarão que parece um tanto quanto torta e que há algo estranhamente brilhante nesta barra, como se fosse, de alguma forma, irreal. – Ele apontava o dedo para a peça. – Além disso, aqui temos uma pequena alavanca branca e, aqui, outra.

O Médico ficou em pé e espiou.

– É bonita – avaliou.

– Levei dois anos para fazer – retorquiu o Viajante do Tempo. Então, depois que todos espiamos, assim como o Médico, acrescentou: – Agora, quero que entendam bem que esta alavanca, ao ser pressionada, envia a máquina planando para o futuro, e esta outra reverte o movimento. Este selim representa o assento de um viajante do tempo. Agora vou pressionar a alavanca, e o mecanismo partirá. Desaparecerá, passará para o futuro e sumirá. Olhem bem. Observem também a mesa, e se assegurem de que não há qualquer truque. Não quero desperdiçar este modelo e que digam depois que sou um impostor.

Pairou, talvez, um minuto de silêncio. O Psicólogo parecia querer me dizer algo, mas mudou de ideia. Então o Viajante do Tempo esticou o dedo em direção à alavanca.

– Não – disse, de repente –, dê-me a sua mão. – Virando-se para o Psicólogo, tomou-lhe a mão e disse para que esticasse o indicador.

Foi assim que o Psicólogo acabou enviando o protótipo da Máquina do Tempo para a sua viagem interminável. Todos vimos a alavanca girar. Tenho certeza absoluta de que não havia truque. Sentimos uma lufada de vento e a chama da lâmpada tremulou. Uma das velas sobre a cornija apagou e a pequena engenhoca, de repente, girou, se tornou indistinta, feito um fantasma, por um segundo, talvez, um redemoinho de bronze e marfim, levemente cintilante e desapareceu... sumiu! A não ser pela lamparina, a mesa ficou vazia! Todos permaneceram em silêncio por um momento. Então Filby soltou uma exclamação de surpresa. O Psicólogo se recuperou de seu estupor e logo espiou por baixo da mesa, o que levou o Viajante do Tempo a soltar uma boa risada.

– E então? – perguntou, em relação à atitude do Psicólogo. Logo se pôs de pé e buscou o pote de tabaco sobre a cornija e, com as costas voltadas para nós, começou a encher o cachimbo.

Todos trocamos olhares.

– Olhe aqui – analisou o Médico –, isso é sério mesmo? Acredita mesmo que a máquina viajou no Tempo?

– Certamente – respondeu o Viajante do Tempo, inclinando-se para acender uma mecha na lareira. Então se voltou, acendendo o cachimbo, para encarar o rosto do Psicólogo (que, para mostrar que não estava transtornado, pegou um charuto e tentou acendê-lo sem cortar a ponta). – E digo mais: tenho uma máquina grande quase terminada lá dentro – apontou o laboratório – e, quando estiver inteiramente pronta, pretendo viajar sozinho.

– Quer dizer que a máquina viajou para o futuro? – questionou Filby.

– Para o futuro ou para o passado... Não tenho certeza.

Após um intervalo, o Psicólogo teve uma ideia.

– Se foi a algum lugar, deve ter ido para o passado – afirmou.

– Por quê? – interpelou o Viajante do Tempo.

– Porque presumo que não se moveu no espaço, e caso tenha viajado para o futuro estaria aqui o tempo todo, por ter-se deslocado no decorrer deste período.

– Mas se tivesse viajado para o passado – raciocinei – estaria visível quando entramos nesta sala e na quinta-feira passada, quando estivemos aqui, e na quinta anterior a essa, por aí em diante!

– Sérias objeções – avaliou o Reitor, com um tom imparcial, virando-se para o Viajante do Tempo.

– De forma alguma – afirmou o Viajante do Tempo; e ao Psicólogo: – Já que raciocinou, *consegue* explicar isso. É uma apresentação subliminar, entende, uma demonstração abrandada.

– Claro – disse o Psicólogo, tranquilizando-nos. – É um aspecto simples da psicologia; eu deveria ter pensado nisso. É bastante óbvio e ajuda a resolver bem o paradoxo. Não conseguimos ver a máquina, tampouco apreciá-la, da mesma forma que não conseguimos ver o raio de uma roda de fiar, ou uma bala rasgando o ar. Se estiver se deslocando pelo tempo cinquenta ou cem vezes mais rápido que nós, se percorre um minuto enquanto nós percorremos um segundo, é claro que a impressão criada será de um quinquagésimo ou um centésimo daquilo que seria se não estivesse viajando pelo tempo. É bastante claro. – Ele passou a mão pelo espaço em que a máquina estivera. – Percebem? – perguntou, rindo.

Sentados, encaramos a mesa vazia durante cerca de um minuto. Então, o Viajante do Tempo perguntou nossa opinião sobre tudo aquilo.

– Parece bastante plausível agora – comentou o Médico –, mas espere até amanhã. Aguarde o bom senso que vem com a manhã.

– Gostariam de ver a máquina do tempo em si? – perguntou o Viajante do Tempo.

Então, tomando a lamparina nas mãos, guiou-nos pelo longo corredor, frio pelas correntes de ar, até seu laboratório. Recordo com clareza a chama vacilante, sua silhueta estranha, com a cabeça grande, o rodopiar das sombras; como todos o seguimos confusos, mas incrédulos; e como, lá no laboratório, contemplamos uma versão maior do pequeno mecanismo que vimos desaparecer diante dos nossos olhos. Algumas partes eram de níquel, outras de marfim, outras ainda com certeza haviam sido lixadas ou cortadas de cristal de rocha. A máquina estava praticamente completa, a não ser pelas barras cristalinas retorcidas, ainda inacabadas sobre a bancada, ao lado de algumas páginas com desenhos. Peguei uma delas para observar melhor. Parecia quartzo.

– Olhe aqui – advertiu o Médico –, você está mesmo falando sério? Ou será que isto é um truque, como aquele fantasma que nos mostrou no Natal passado?

– A bordo desta máquina – respondeu o Viajante do Tempo erguendo a lamparina – tenciono explorar o Tempo. Fui claro? Jamais falei tão sério em minha vida.

2. O Viajante do Tempo retorna

Acredito que, na época, nenhum de nós acreditava realmente na Máquina do Tempo. O fato é que o Viajante do Tempo era um daqueles homens demasiado inteligentes para que acreditemos neles; jamais sentimos que o compreendemos na totalidade e suspeitamos sempre alguma reserva sutil, algum ardil engenhoso por trás de sua franqueza lúcida. Caso o Filby tivesse nos mostrado o projeto e explicado o assunto, com os argumentos do Viajante do Tempo, teríamos demonstrado muito menos ceticismo. Assim seria porque teríamos percebido seus motivos, até um açougueiro conseguiria entendê-lo. O Viajante do Tempo, porém, tinha algumas facetas extravagantes, então desconfiávamos dele. Coisas que levariam um homem inteligente à fama pareciam truques em suas mãos. É um erro simplificar tanto as coisas. As pessoas sérias, que o levavam a sério, jamais sentiam total confiança em seu comportamento; de certa forma, tinham consciência que seguir seus instintos para julgá-lo era algo como soltar um elefante em uma loja de cristais. Assim, não creio que algum de nós tenha discutido muito a viagem no tempo no período entre aquela quinta-feira e a seguinte, embora suas estranhas potencialidades certamente tenham atravessado a mente da maioria: sua plausibilidade, isto é, sua incredibilidade prática, as curiosas possibilidades de anacronismo e de absoluta confusão que sugeria. Eu, particularmente, preocupava-me com o truque do modelo. Lembro ter discutido isso com o Médico, que encontrei na sexta-feira no Linnaean. Ele declarou ter visto algo semelhante em Tübingen[1] e enfatizou o fato de a vela ter se apagado. Qual era o truque, porém, não conseguiu explicar.

Na quinta-feira seguinte, voltei a Richmond — acredito ter sido um dos convidados mais constantes do Viajante do Tempo

---

1. Cidade na Alemanha famosa por sua universidade. (N.T.)

— e, atrasado, deparei com quatro ou cinco homens já reunidos na sala de visitas. O Médico estava em pé, diante da lareira, com uma folha de papel em uma mão e o relógio na outra. Olhei ao redor, procurando pelo Viajante do Tempo, e...

— São sete e meia — observou o Médico —, suponho que seria melhor jantarmos...

— Onde está...? — questionei, nomeando o nosso anfitrião.

— Você acabou de chegar? É um tanto estranho. Ele está atrasado. Neste bilhete, pede que eu diga para começarmos a jantar caso não tenha regressado às sete horas. Acrescenta que explicará quando chegar.

— Parece uma pena deixar o jantar esfriar — concordou o Editor de um conhecido jornal diário; neste momento, o Médico tocou a campainha.

O Psicólogo era o único, além do Médico e de mim, a presenciar o jantar anterior. Os demais eram Blank, o Editor já mencionado, certo jornalista e outra pessoa — um homem barbudo, calado e tímido — que eu não conhecia e que, conforme observei, não abriu a boca durante a noite inteira. À mesa, houve certa especulação sobre a ausência do Viajante do Tempo, e sugeri uma viagem no tempo, em tom de brincadeira. O Editor queria que lhe explicassem, e o Psicólogo ofereceu uma breve explicação do "engenhoso truque e paradoxo" que havíamos testemunhado uma semana antes. Ele estava no meio de sua exposição quando a porta do corredor se abriu devagar e sem ruído. Por estar de frente para ela, fui o primeiro a perceber.

— Olá! — disse eu. — Até que enfim!

A porta se abriu mais, e o Viajante do Tempo surgiu diante de nós. Soltei um grito de surpresa

— Céus, homem! O que aconteceu? — gritou o Médico, que o viu logo depois. E todos à mesa se viraram para a porta.

Estava em condições lastimáveis: a casaca, empoeirada e suja, manchada de verde nas mangas; o cabelo, desgrenhado e, conforme me pareceu, mais grisalho — seja de pó e sujeira, seja pela cor realmente desbotada. O rosto terrivelmente pálido; o queixo ostentava um corte marrom, meio cicatrizado; a expressão, desfigurada e abatida, como que resultante de sofrimento intenso. Por um momento hesitou à porta, ofuscado pela luz. Então entrou na sala, coxeando, como já vi mendigos fazerem devido a pés doloridos. Nós o encaramos em silêncio, esperando que falasse.

Não disse uma palavra sequer, mas se aproximou com dificuldade à mesa e fez um gesto em direção ao vinho. O Editor encheu uma taça com champanhe e lhe passou. Ele o tragou, e parece que lhe fez bem, pois lançou um olhar ao redor da mesa e um esboço do seu velho sorriso surgiu no rosto.

– Que cargas-d'água andou fazendo, homem? – questionou o Médico.

O Viajante do Tempo parecia não ouvir.

– Não se preocupem comigo – disse com um gesto um tanto hesitante –, estou bem. – Parou, ergueu a taça pedindo mais e bebeu de um gole só. – Como é bom! – acrescentou. Seus olhos ficaram mais brilhantes e o rosto tornou a ficar corado. O olhar que nos lançou mostrou certa aprovação entorpecida; deu a volta na sala aquecida e confortável. Então, voltou a falar, ainda como se procurasse as palavras: – Vou me lavar e trocar de roupa, para depois descer e explicar. Por favor, deixem um pouco daquele carneiro para mim. Estou com vontade de comer um pouco de carne.

Olhou para o Editor, um visitante esporádico, e lhe disse que esperava que estivesse bem. Este fez menção de inquiri-lo.

– Já lhes conto – avisou o Viajante do Tempo. – Estou um tanto... estranho! Logo ficarei bem.

Pousou a taça e se dirigiu à porta da escada. Outra vez, reparei que coxeava e no som abafado dos passos. Levantei-me e observei seus pés ao sair. A não ser por um ensanguentado e esfarrapado par de meias, nada calçava. A porta se fechou atrás. Pensei em segui-lo, mas logo lembrei o quanto detestava que se preocupassem com ele. Por um minuto talvez, fiquei em devaneio, até ouvir o Editor dizer "comportamento notável de um eminente cientista", como se fosse uma manchete (como de costume), o que fez minha atenção voltar à sala.

– É alguma brincadeira? – perguntou o Jornalista. – Andou se disfarçando de mendigo? Não entendi.

Meu olhar se encontrou com o do Psicólogo, e percebi que ele pensava o mesmo que eu. Pensei no Viajante do Tempo coxeando com dificuldade escada acima. Não creio que alguém mais tivesse reparado que ele mancava.

O primeiro a se recuperar completamente da surpresa foi o Médico, que tocou a sineta (o Viajante do Tempo odiava ter criados servindo à mesa), pedindo um prato quente. Assim, o Editor voltou-se para o garfo e a faca com um resmungo, e o Homem Calado seguiu o exemplo. O jantar recomeçou. Por algum tempo, a conversa foi pontuada por exclamações, com brechas de espanto; finalmente, a curiosidade do Editor o sobrepujou:

– Nosso amigo incrementa sua modesta renda cruzando raças, ou terá suas fases de Nabucodonosor?[2]

– Estou certo de que tem a ver com a Máquina do Tempo – disse eu e retomei a narração do Psicólogo de nossa reunião anterior.

Os novos convidados se mostraram sinceramente incrédulos e o Editor levantou objeções.

– Que viagem no tempo era essa? O homem não conseguiria ficar coberto de pó apenas rolando em um paradoxo, não é?

Então, ao assimilar a ideia, usou de ironia. Não existiriam escovas para roupas no futuro? Tampouco o Jornalista queria acreditar, de forma alguma, e juntou-se ao Editor na fácil tarefa de ridicularizar tudo. Ambos poderiam ser definidos como a nova espécie de jornalistas: jovens muito alegres e irreverentes.

– Nosso correspondente especial no depois de amanhã – adiantava, ou melhor, berrava o Jornalista quando o Viajante do Tempo voltou. Vestia as roupas noturnas normais e, a não

---

2. O personagem se refere ao rei da Babilônia que, segundo a Bíblia, passou por momentos de loucura antes de se converter a Deus. (N.T.)

ser pelo olhar perturbado, nada restava da mudança que me assustara.

– Veja – riu o Editor –, estes sujeitos aqui disseram que viajou para meados da próxima semana! Poderia nos contar tudo o que soube a respeito de Rosebery?[3] Quanto quer pelas reportagens?

O Viajante do Tempo se dirigiu ao lugar reservado para ele sem proferir uma só palavra. Sorriu calmamente, como de hábito.

– Onde está o meu carneiro? – perguntou. – Que bom poder voltar a fincar um garfo em carne!

– Conte tudo! – exclamou o Editor.

– Danem-se as explicações! – respondeu o Viajante do Tempo. – Quero comer alguma coisa. Não direi uma palavra enquanto não tiver peptona correndo por minhas veias. Obrigado. Sal, por favor!

– Uma palavra – supliquei. – Viajou no tempo?

– Sim – respondeu o Viajante do Tempo, com boca cheia, acenando a cabeça.

– Eu pagaria um xelim por linha por um comentário na íntegra – acenou o Editor.

Empurrando a taça em direção ao Homem Calado, o Viajante do Tempo bateu nela com uma unha, fazendo que soasse e levando-o a deixar de encará-lo e a encher-lhe a taça, em um sobressalto. O restante do jantar transcorreu de forma constrangedora. De minha parte, perguntas constantes assomavam meus lábios e atrevo-me a dizer que o mesmo ocorria com os demais. O Jornalista tentou aliviar a tensão contando casos de Hettie Potter.[4] O Viajante do Tempo concentrou-se em seu jantar, revelando ter o apetite de um esfomeado. O Médico fumou, observando o Viajante do Tempo com olhos semicerrados. O Homem Calado pareceu ainda mais desajeitado que o usual e tomou champanhe com regularidade e determinação por mero

---

3. Alusão ao primeiro-ministro Archibald Philip Primrose, quinto conde de Rosebery, em suposto escândalo homossexual. (N.T.)
4. Supõe-se alusão a uma atriz cômica de cinema mudo. (N.T.)

nervosismo. Por fim, o Viajante do Tempo afastou o prato e olhou ao redor.

– Suponho que lhes devo desculpas – esclareceu. – Estava simplesmente esfomeado. Vivenciei um período surpreendente. – Estendeu a mão buscando um charuto e cortou-lhe a ponta. – Vamos à sala de fumo. É um relato longo demais para ser contado junto a pratos engordurados. – Então, passando pela sineta, tocou-a e nos conduziu à sala ao lado.

– Contou a Blank, Dash e Chose sobre a máquina? – perguntou-me, recostando-se em sua poltrona e citando os nomes dos três novos convidados.

– Mas a coisa é um mero paradoxo – avaliou o Editor.

– Não consigo discutir esta noite. Não me importo de lhes contar a história, mas argumentar não consigo. Eu lhes contarei o que aconteceu comigo, se quiserem, mas terão de se abster de me interromper. Quero contar-lhes. E muito. A maior parte parecerá mentira. Paciência! É verdade... cada palavra, todas elas. Eu estava em meu laboratório às quatro horas e, desde então, vivi oito dias... dias como humano algum jamais viveu! Estou quase esgotado, mas não dormirei enquanto não contar isso tudo. Aí, irei para a cama. Porém, sem interrupções! Concordam?

– Concordo – adiantou o Editor.

E o restante de nós fez coro:

– Concordo.

Em seguida, o Viajante do Tempo começou seu relato, conforme vou narrando. Primeiro, ele se recostou na poltrona para relatar, como alguém fatigado. Depois, ficou mais animado. Ao escrevê-lo, porém, sinto muito forte a dificuldade de relatar, usando pena e tinta e, acima de tudo, a minha própria dificuldade de expressar tudo com qualidade. Suponho que leiam com bastante atenção; não poderão, porém, observar a face pálida e sincera do narrador, iluminada pelo círculo brilhante da lamparina, tampouco ouvir a entonação de sua voz. Não conseguem perceber sua expressão mudando de acordo com as nuances da história!

A maioria de nós, ouvintes, estava na penumbra, já que as velas da sala de fumo não haviam sido acesas e apenas o rosto do Jornalista e as pernas do Homem Calado, dos joelhos para baixo, estavam iluminados. Primeiro, nos entreolhávamos de tempos em tempos. Decorridos alguns momentos, deixamos de fazê-lo, observando somente o rosto do Viajante do Tempo.

3. A história começa

— Na quinta-feira passada, expliquei a alguns de vocês os princípios da Máquina do Tempo, e cheguei até a mostrar o objeto em si na oficina. Ela está lá agora, um tanto gasta pela viagem, é verdade; uma das barras de marfim está rachada e um corrimão de bronze torcido, mas o estado do resto é bastante bom. Esperava terminá-la na sexta, mas então, quando a montagem estava quase pronta, descobri que uma das barras de níquel estava cerca de dois centímetros e meio mais curta e teria de ser refeita, o que não ficou pronto até hoje pela manhã. Foi às dez da manhã de hoje que a primeira de todas as Máquinas do Tempo iniciou sua carreira. Dei-lhe um último toque, tornei a verificar todos os parafusos, coloquei mais uma gota de óleo na varinha de quartzo e tomei meu lugar no selim. Suponho que o que senti então em relação ao que viria seja o mesmo que um suicida com a pistola apontada à cabeça. Segurei a alavanca de partida com uma mão e a de parar com a outra, pressionei a primeira e, quase de imediato, a segunda. Pareceu-me que girei; senti a mesma sensação de queda dos pesadelos e, olhando ao redor, vi o laboratório exatamente igual à antes. Teria acontecido alguma coisa? Por um momento, suspeitei que a mente me iludira. Aí notei o relógio. Momentos antes parecia indicar, mais ou menos, dez horas e um minuto, mas agora eram quase três e meia!

Respirei fundo, cerrei os dentes, agarrei a alavanca de arranque com ambas as mãos e parti com um tranco. O laboratório ficou indistinto e escureceu. A sra. Watchett entrou e andou, parecendo não me ver, em direção à porta do jardim. Suponho que levou cerca de um minuto para cruzar o cômodo mas, para mim, pareceu que disparou feito foguete. Empurrei a alavanca até o extremo. A noite chegou como o apagar de uma lâmpada e, no instante seguinte, veio o dia. O laboratório ficou indistinto e escuro e, depois, cada vez mais e mais indistinto. A noite desse dia caiu escura, seguida por outro dia, outra noite e outro dia, cada vez mais céleres. Um murmúrio rodopiante encheu-me os ouvidos e uma confusão estranha e muda nublou-me a mente. Receio não conseguir transmitir as sensações peculiares da viagem no tempo. São excessivamente desagradáveis. Há uma sensação exatamente igual à de estar em uma montanha--russa... uma precipitação desamparada! Senti a mesma horrível ansiedade da iminência de um choque. Conforme entrei no ritmo, o dia seguiu-se à noite, como o *plop, plop, plop* de algum corpo em rotação. Os contornos embaçados do laboratório pareceram se afastar de mim, e vi o sol saltar rapidamente pelo céu, subindo a cada minuto, sendo que cada minuto marcava um dia. Supus que o laboratório havia sido destruído e que eu chegara ao ar livre. Tive uma leve impressão de estar pendurado, mas já estava me movendo rápido demais para ter consciência de qualquer coisa se movendo. O caracol mais vagaroso do mundo disparava rápido demais para mim. O piscar da sucessão da escuridão e da luz era excessivamente doloroso para os olhos. Então, nas trevas intermitentes, vi a lua rodopiar rapidamente por suas fases, de nova até cheia, e vislumbrei as estrelas circulando. Nesse momento, conforme ainda continuava, a acelerada palpitação do dia e da noite fundiu-se em um cinza contínuo; o céu se tingiu de um tom azulado maravilhoso e profundo, uma cor esplêndida e luminosa como do início do entardecer; o sol saltitante tornou-se um raio de fogo, um arco brilhante no espaço, e a lua, uma faixa flutuante mais desbotada; eu não conseguia enxergar estrela alguma, a não ser, de vez em quando, um círculo mais brilhante tremulando no azul.

A paisagem era enevoada e vaga. Eu ainda estava na colina em que esta casa agora se localiza, e a escarpa se avolumava acima de mim, cinzenta e indistinta. Observei árvores crescerem e mudarem como bufadas de vapor, ora castanhas, ora verdes; cresciam, se expandiam, flutuavam e feneciam. Vi prédios enormes se erguerem, pouco nítidos e bonitos, e passarem como sonhos. Toda a superfície da Terra parecia mudar... derreter e fluir diante dos meus olhos. Os pequenos ponteiros dos mostradores que registavam a minha velocidade aceleravam em círculo, cada vez mais rápido. Logo reparei que a faixa do sol oscilava para cima e para baixo, de solstício a solstício, em um minuto ou menos, e que, portanto, a minha velocidade era de mais de um ano por minuto; e a cada minuto a neve branca brilhava cobrindo o mundo e desaparecia, seguida pelo verde vivo da primavera.

As sensações desagradáveis do início já ficaram menos agudas, acabando por se fundir em uma espécie de alegria histérica. De fato, notei um balanço desajeitado da máquina que era incapaz de explicar. Minha mente, porém, estava confusa demais para cuidar disso, então, com uma espécie de loucura me invadindo, lancei-me no futuro. Primeiro mal pensei em parar, mal pensei em coisa alguma a não ser nestas sensações inéditas. Em seguida, uma nova série de impressões se avolumou em minha mente – certa curiosidade e, então, certo temor – até que, por fim, este se apossou de mim por completo. Que estranhos desenvolvimentos da humanidade, que maravilhosos avanços relativos à nossa civilização rudimentar, pensei, não haveriam de me aparecer quando eu olhasse mais de perto o mundo indistinto e esquivo que voava e flutuava diante dos meus olhos! Vi obras de arquitetura, grandes e esplêndidas, erguendo-se ao redor, maiores que qualquer prédio da nossa época, mas, mesmo assim, pareciam construídas de brilho e névoa. Vi grama mais verde se erguer na colina, lá permanecendo sem qualquer interrupção de inverno. Mesmo através do véu da minha confusão, a Terra parecia muito bela. E, assim, minha mente chegou à conclusão de que deveria parar.

O risco específico se encontra na possibilidade de bater em algo sólido no espaço que eu, ou a máquina, ocupássemos. Enquanto viajasse em alta velocidade pelo tempo afora, isso pouco importava: eu estava, por assim dizer, difuso, deslizando feito vapor pelos interstícios das substâncias intervenientes! Parar, no entanto, envolvia a minha compressão, molécula a molécula, naquilo que surgisse em meu caminho; significava colocar os meus átomos em um contato tão íntimo com os do obstáculo que uma profunda reação química – possivelmente uma imensa explosão de longo alcance – resultaria e me faria explodir, a mim e ao meu aparelho, para fora do Universo Rígido, para fora de todas as dimensões, para o Desconhecido. A possibilidade me ocorreu muitas vezes enquanto eu fabricava a máquina, mas então aceitei com boa disposição o risco como sendo inevitável – um dos que o homem tem que correr! Agora que era inevitável, já não o encarava com a mesma animação. O fato é que, imperceptivelmente, a absoluta estranheza de tudo, a enjoativa vibração e o balanço da máquina, aliados à sensação de queda prolongada, haviam afetado completamente meus nervos. Pensei comigo mesmo que jamais conseguiria parar e, num arroubo de petulância, resolvi fazê-lo de imediato. Feito um bobo impaciente, puxei a alavanca com força, e a coisa se pôs a rodar descontrolada, projetando-me com ímpeto ao ar.

O estrondo de um trovão ecoou em meus ouvidos. Devo ter ficado atordoado por um momento. Uma saraivada impiedosa de granizo sibilava ao redor. Eu estava sentado sobre grama macia, diante da máquina tombada. Tudo ainda me parecia cinzento, mas então reparei que a confusão nos meus ouvidos se fora. Olhei ao redor. Estava em algo que parecia ser um pequeno gramado de jardim, rodeado de arbustos de azáleas, e reparei que as flores, malvas e roxas, caíam em cachos, atingidas pelas pedras de granizo. Uma pequena nuvem de granizo dançando em ricochete pairava sobre a máquina, estendendo-se pelo chão, feito fumaça. Em um instante, fiquei encharcado.

– Bela hospitalidade – ironizei – para um homem que viajou inúmeros anos para vê-los.

Naquele momento, compreendi como fui bobo por ficar molhado. Levantei-me e olhei ao redor. Uma figura colossal, aparentemente esculpida em algum tipo de pedra branca, elevava-se indistintamente por trás das azáleas através de um nebuloso aguaceiro. Mas todo o resto do mundo estava invisível.

Seria difícil descrever as minhas sensações. À medida que as colunas de granizo amainaram, vi a figura branca com mais nitidez. Era muito grande, tanto que uma bétula lhe tocava o ombro. Era de mármore branco, em forma de algo como uma esfinge alada, mas as asas, em vez de dispostas verticalmente aos lados, estavam abertas, dando uma ideia de que estivesse pairando. Pareceu-me que o pedestal era de bronze coberto de espesso azinhavre. Ocorre que o rosto estava virado para mim; os olhos cegos pareciam me fitar, os lábios esboçavam uma sombra de leve sorriso. Por estar muito desgastada pelo tempo, transmitia uma desagradável impressão de doença. Observei-a por algum tempo, talvez meio minuto, talvez meia hora. Pareceu avançar e recuar, conforme a maior ou menor intensidade da precipitação de granizo. Finalmente, forcei-me a desviar o olhar por um momento e vi que a cortina de granizo se acalmara e que o céu estava clareando, prometendo sol.

Tornei a erguer o olhar para a figura branca agachada e, de repente, reconheci a completa temeridade da minha viagem. O que poderia surgir quando essa cortina de névoa se dissipasse por completo? O que não teria acontecido ao gênero humano? E se a crueldade tivesse se tornado uma paixão comum? E se, nesse intervalo de tempo, a espécie tivesse perdido sua humanidade, se transformando em algo desumano, insensível e terrivelmente poderoso? Eu poderia parecer um animal selvagem do velho mundo, tanto mais medonho e repugnante pelas semelhanças em comum, uma criatura abominável a ser imediatamente eliminada.

Já conseguia enxergar outras formas grandiosas: prédios enormes, com parapeitos intrincados e colunas altas, e uma encosta arborizada avançando, escura, em minha direção através da tempestade que diminuía. Fui tomado de pânico e, desvairado, me voltei para a Máquina do Tempo, esforçando-me para reajustá-la. No ínterim, raios de sol vararam a tempestade. O aguaceiro cinzento foi varrido e desapareceu como os trajes rastejantes de um fantasma. Acima de mim, no azul intenso do céu de verão, alguns farrapos esmaecidos de nuvens castanhas rodopiavam e desapareciam. Os grandes edifícios perto de mim destacavam-se, nítidos e brilhantes, lavados pela tempestade, realçados pelo branco do granizo ainda não derretido e amontoado. Senti como se estivesse nu em um mundo estranho, como talvez um pássaro possa se sentir em céu aberto, consciente das asas do falcão acima prestes a atacar. Meu medo tornou-se frenético. Parei para respirar fundo, cerrei os dentes e voltei a me engalfinhar ferozmente com a máquina, golpeando-a com mãos e joelhos. Ela acabou virando sob meu ataque desesperado, batendo forte em meu queixo. Com uma mão no selim e a outra na alavanca, lá fiquei, arquejando, tentando tornar a sentar.

A recuperação da possibilidade de uma retirada imediata restitui-me a coragem. Observei com mais curiosidade, e menos medo, esse mundo do futuro remoto. Em uma abertura circular, bem alto, na parede da casa mais próxima, vi um grupo de vultos com roupas macias e dispendiosas. Eles me avistaram, os rostos voltados em minha direção.

Então, ouvi vozes se aproximando. Em meio aos arbustos ao lado da esfinge branca surgiram as cabeças e os ombros de homens correndo. Um deles surgiu na trilha que conduzia diretamente ao pequeno gramado em que estávamos a minha máquina e eu. Era uma criatura pequena, com aproximadamente um metro e vinte de altura, vestido de túnica roxa, presa na cintura por um cinto de couro. Calçava sandálias ou coturnos (não consegui distinguir bem), e as pernas estavam descobertas até os joelhos, assim como a cabeça. Ao notar isso percebi, pela primeira vez, que fazia muito calor.

A criatura me impressionou por ser verdadeiramente bela e graciosa, mas de indescritível fragilidade. O rosto afogueado fazia lembrar o mais belo tipo de tuberculoso, aquela beleza febril da qual tanto ouvimos falar. Sua visão me devolveu de repente a confiança, e tirei as mãos da máquina.

4. A Era de Ouro

No momento seguinte, estávamos face a face, esse ser frágil do futuro e eu. Veio direto até mim e riu, olhando-me nos olhos. A ausência de qualquer sinal de receio em sua postura surpreendeu-me de imediato. Depois, voltou-se para os outros dois que o seguiam e lhes falou em algum idioma estranho, muito fluido e doce.

Havia outros chegando e logo um pequeno grupo de talvez oito ou dez daquelas delicadas criaturas me circundava. Uma delas falou comigo. Uma ideia estranha me veio à mente: a minha voz seria demasiado áspera e grave para eles. Assim, balancei a cabeça e, apontando os meus ouvidos, tornei a balançá-la. O ser deu um passo à frente, hesitou e então me tocou a mão. Em seguida, senti outros pequenos tentáculos macios sobre minhas costas e ombros: queriam se assegurar de que eu fosse real. Não havia nada de alarmante. De fato, havia algo naquela gente pequena e bonita que inspirava confiança – uma graciosa docilidade, uma tranquilidade infantil. Além disso, pareciam tão frágeis que conseguia me imaginar arremessando uma dúzia deles, feito gravetos. Entretanto, fiz um movimento rápido para impedi-los quando vi suas mãozinhas rosadas tocando a Máquina do Tempo. Felizmente, quando ainda não era tarde demais, percebi um perigo que, até então, havia esquecido e, alcançando as barras da máquina, desparafusei as pequenas alavancas que a poriam em movimento, guardando-as no bolso. Aí voltei a me concentrar no que poderia ser feito quanto à comunicação.

Então, observando suas feições mais de perto, vi outras características em sua beleza do tipo da porcelana de Dresden. O cabelo, uniformemente encaracolado, terminava rente ao pescoço e ao rosto; não se via o menor vestígio de pelos na face e as orelhas eram minúsculas. As bocas eram pequenas, com lábios muito rubros e finos e queixinhos pontiagudos. Os olhos eram grandes e doces; de resto, talvez fosse meu ego se manifestando, faltava-lhes algo que eu esperava encontrar.

Como não demonstraram nenhum esforço para se comunicar, mas simplesmente continuaram a me cercar, sorrindo e conversando entre si em tons de um arrulhar suave, eu me dirigi a eles. Apontei para a Máquina do Tempo e para mim mesmo. Então, hesitando por um momento para pensar como expressar o Tempo, apontei o sol. De imediato, uma figurinha curiosamente bonita, vestida de xadrez roxo e branco, imitou o meu gesto e, depois, surpreendeu-me ao imitar o som de um trovão.

Hesitei por alguns instantes, embora o significado do seu gesto fosse bastante simples. A dúvida me surgiu subitamente: será que essas criaturas eram tolas? É difícil de explicar o quanto isso me incomodou. Vejam, sempre previ que o povo do ano oitocentos mil e tanto estivesse incrivelmente mais a nossa frente no que diz respeito ao conhecimento, artes, a tudo. Então um deles, de repente, me fez uma pergunta que me demonstrou que ele estaria no nível intelectual de uma das nossas crianças de cinco anos... com efeito, perguntou-me se eu tinha vindo do sol na tempestade de trovões! Minha opinião formada por suas roupas, seus membros franzinos e leves e suas feições delicadas caiu por terra. Senti uma onda de desilusão. Por um momento, pensei que construíra a Máquina do Tempo em vão.

Acenei com a cabeça, apontei para o sol e representei tão bem um trovão que se sobressaltaram. Todos recuaram um passo ou dois e fizeram uma reverência. Logo um deles chegou a mim, rindo e trazendo um colar de flores lindas, totalmente desconhecidas para mim, e colocou-o em meu pescoço. A ideia foi recebida com aplausos melodiosos e então todos se puseram a correr para cá e para lá, em busca de flores que me atiravam à cabeça, dando risada, até eu ficar praticamente asfixiado por elas. Vocês, que jamais viram algo parecido, mal podem imaginar que tipo de flores delicadas e maravilhosas incontáveis anos de cultura criaram. Então, alguém sugeriu que o brinquedo fosse exibido no edifício mais próximo, e, por isso, fui levado em direção a um grande prédio de pedra cinzenta desgastada, passando pela esfinge de mármore branco, que pareceu me observar esse tempo todo. À medida que eu caminhava com eles, a lembrança das minhas previsões confiantes de uma posteridade profundamente séria e intelectual me veio à mente, com irresistível hilaridade.

O prédio tinha uma entrada grande e, como um todo, era de proporções colossais. Naturalmente eu estava bastante ocupado com a crescente multidão de pessoinhas e com os enormes portões que se escancaravam à minha frente, escuros e misteriosos. A minha impressão geral do mundo que observava por sobre suas cabeças era a de uma imensidão emaranhada de lindos arbustos e flores, de um jardim há muito negligenciado, porém sem ervas daninhas. Vi vários espigões altos de estranhas flores brancas, com pétalas céreas de mais de trinta centímetros de largura. Nasciam espalhadas, como se fossem silvestres, por entre variados arbustos, mas, como disse, naquele momento não as examinei de muito perto. A Máquina do Tempo foi abandonada sobre a relva, entre as azáleas.

O arco da entrada era profusamente esculpido, mas, como é natural, não analisei os relevos de perto, embora me parecesse ter notado sugestões de antiga decoração fenícia quando passei pela porta, e tive a impressão de estarem muito destruídos e desgastados pelo tempo. Várias pessoas com roupas de cores mais vibrantes me encontraram à entrada. E foi assim que adentramos: eu, vestindo roupa imunda do século dezenove, parecendo bastante grotesco, cheio de guirlandas de flores e rodeado por uma massa turbilhonante, de roupas de cores vivas ou suaves e membros brancos e brilhantes, em um melodioso redemoinho de risos e conversas alegres.

A enorme entrada dava para um salão proporcionalmente grande, forrado de marrom. O teto estava obscurecido e as janelas, algumas de vitrais e outras de vidro comum, permitiam certa penetração de luminosidade. O chão era feito de imensos blocos de algum tipo de metal branco muito duro, não eram chapas, tampouco pranchas, eram blocos; o piso estava muito gasto, acredito que pelo vaivém de gerações passadas, e apresentava sulcos profundos ao longo dos percursos mais frequentes. Perpendicularmente ao comprimento, havia inúmeras mesas feitas de pranchas de pedra polida, com altura de cerca de uns trinta e tantos centímetros do chão e, sobre elas, frutas empilhadas. Algumas eu reconheci como sendo uma espécie hipertrofiada de framboesa e de laranja, mas, em sua maioria, eram-me desconhecidas.

Entre as mesas havia grande quantidade de almofadas espalhadas. Aqueles que me guiaram se acomodaram e me sinalizaram para fazer o mesmo. Com certa falta de cerimônia, puseram-se a comer frutas com as mãos, atirando cascas e talos e todo o resto nas aberturas redondas aos lados das mesas. Não tive relutância em seguir o exemplo, pois estava com sede e fome. Enquanto o fazia, observei à vontade o salão.

Talvez o mais surpreendente tenha sido o seu aspecto dilapidado. As janelas de vitrais, que apresentavam apenas um padrão geométrico, estavam quebradas em vários pontos, e as cortinas pendendo da parte inferior, cobertas de pó. Notei ainda que o canto da mesa de mármore ao meu lado estava rachado. Mesmo assim, o efeito geral era extremamente rico e pitoresco. Deveria haver umas duzentas pessoas jantando no salão e a maioria, sentada tão próxima a mim quanto possível, me observava com interesse, os olhos pequeninos brilhando por sobre as frutas comidas. Os trajes de todos eram do mesmo material macio e sedoso, embora robusto.

A propósito, sua dieta era composta apenas por frutas. O povo do futuro remoto era rigorosamente vegetariano e, enquanto estive com eles, apesar de sentir algum desejo por carne, também tive de ser frugívoro. Mais tarde, descobri que os cavalos, o gado, os carneiros e cães haviam seguido o ictiossauro e se extinguiram. Mas as frutas eram muito deliciosas; havia uma em particular, devia ser a da estação, algo farinhento com a casca trifacetada, especialmente gostosa, e eu a instituí meu alimento básico. No início, fiquei admirado com tantas frutas diferentes e com as estranhas flores, porém, mais tarde, comecei a entender sua importância.

Entretanto, agora estou contanto sobre o meu jantar à base de frutas no futuro distante. Assim que o meu apetite ficou um tanto saciado, decidi empreender máximos esforços no sentido de aprender a língua destes meus novos homens. Era claramente a próxima coisa a fazer. As frutas pareciam algo apropriado para iniciar, e assim, pegando uma delas, comecei a fazer uma série de sons e gestos interrogativos. Tive muita dificuldade em comunicar a intenção. Primeiro, os meus esforços suscitaram olhares de surpresa ou risadas intermináveis, mas logo uma criaturinha loira pareceu entender e repetiu um nome. Tiveram de passar muito tempo a conversar e explicar tudo uns para os outros, e as minhas tentativas iniciais de emitir seus breves e delicados sons da língua provocaram genuína e enorme diversão. Contudo, eu me sentia como um professor entre crianças e persisti; passado pouco tempo, já tinha, pelo menos, alguns substantivos ao meu dispor. Depois, passei para os pronomes demonstrativos e até mesmo o verbo "comer". Entretanto, o trabalhoso era vagaroso, e as pessoinhas logo se cansaram, querendo escapar às interrogações, então decidi, sobretudo por necessidade, deixar que me dessem lições em pequenas doses, quando assim estivessem dispostos. E seriam doses muito pequenas, conforme logo descobri, pois jamais encontrei povo mais indolente ou que se fatigasse mais rápido.

5. Crepúsculo

Uma coisa esquisita que logo descobri sobre meus pequenos anfitriões foi sua falta de interesse. Eles se aproximavam de mim com gritos ansiosos de espanto, como crianças, mas, assim como elas, logo paravam de me examinar e se afastavam atrás de outro brinquedo. Após o término do jantar e de minhas iniciativas para conversa se esgotarem, percebi pela primeira vez que quase todos que haviam me rodeado no início já tinham partido. É de se estranhar, também, com que rapidez acabei indiferente à presença desse povo pequenino. Saí pelo portal para o mundo ensolarado novamente assim que tive a fome saciada. Não parava de encontrar mais desses homens do futuro, que me seguiam a pequena distância, tagarelavam e riam de mim e, tendo sorrido e gesticulado de forma amistosa, largavam-me de novo entregue aos meus próprios pensamentos.

A calma da tardezinha pairava sobre o mundo quando eu emergi do grande salão, e a cena era iluminada pelo brilho cálido do sol poente. No início, as coisas estavam muito confusas. Tudo era tão completamente diferente do mundo que eu havia conhecido, até mesmo as flores. O prédio enorme do qual eu tinha saído localizava-se na encosta do vale de um rio largo, mas o Tâmisa havia se deslocado talvez mais de quilômetro e meio de sua posição atual. Decidi subir ao topo de uma montanha, talvez a uns dois quilômetros e meio de onde eu conseguia ter uma vista mais abrangente deste nosso planeta no ano 802.701 d.C., data esta, devo explicar, que os pequenos ponteiros da minha máquina registravam.

Enquanto caminhava, observei toda a impressão que pudesse talvez ajudar a explicar a condição do esplendor em ruínas na qual encontrei o mundo, pois estava em ruínas. Por exemplo, um pouco acima na montanha havia um enorme amontoado de granito ligado a massas de alumínio, um vasto labirinto de paredes escarpadas e montes desintegrados entre os quais touceiras espessas de plantas muito lindas que lembravam pagodes, possivelmente urtigas, mas tingidas de forma maravilhosa de um castanho nas folhas e incapazes de provocar coceira. Eram evidentemente os restos abandonados de alguma estrutura enorme construída para algum fim que não pude determinar. Foi para lá que fui destinado, em data posterior, para uma experiência muito estranha – o primeiro sinal de uma descoberta ainda mais singular –, mas da qual falarei em momento adequado.

Ao olhar ao redor de um terraço no qual havia parado a fim de repousar por pouco tempo, percebi subitamente que não havia casinhas à vista. Parece que a única casa, e talvez mesmo os habitantes, haviam desaparecido. Aqui e ali, em meio à imensidão verde, havia construções semelhantes a palácios, mas a casa e as habitações campestres que formam as características tão singulares da nossa paisagem inglesa haviam sumido.

– Comunismo – falei sozinho.

E, logo em seguida, veio outro pensamento. Olhei para a meia dúzia de figurinhas que me seguiam. Então, em um lampejo, percebi que todos tinham o mesmo tipo de traje, a mesma fisionomia suave e desprovida de pelos e a mesma aparência arredondada feminina dos membros. Talvez pareça estranho que eu não tenha percebido isso antes, mas afinal tudo era tão estranho. Agora notei o fato com suficiente clareza. Na vestimenta e em todas as diferenças de textura e atitude que marcam no nosso tempo características de gênero, essas criaturas do futuro eram semelhantes. E, aos meus olhos, as crianças pareciam ser nada além de miniaturas dos pais. Então julguei que aquelas crianças daquele tempo eram extremamente precoces, pelo menos fisicamente, e descobri posteriormente confirmações abundantes sobre a minha opinião.

Ao ver a facilidade e segurança com que essas pessoas viviam, senti que a semelhança tão próxima entre os sexos era afinal de se esperar; pois a força de um homem e a delicadeza de uma mulher, a instituição da família e a diferenciação de ocupações são meras necessidades de combate em uma era de força física. Quando a população é equilibrada e abundante, grande parte dos cuidados com crianças se torna um mal, em vez de uma bênção ao Estado; quando a violência surge, mas é rara, e os descendentes estão a salvo, há menos necessidade – na verdade não há necessidade – de uma família eficiente, e a especialização dos sexos em relação às necessidades da criança desaparece. Vemos algum indício mesmo em nossa própria época, e na era futura tudo se completou. Isso, devo lembrá-los, era minha reflexão naquela hora. Mais tarde, descobriria o quanto estava distante da realidade.

Enquanto divagava sobre essas coisas, minha atenção foi atraída por uma estrutura pequena e graciosa, como um poço sob uma cúpula. Pensei, um pouco distraidamente, sobre a esquisitice de os poços ainda existirem, então retomei a linha das minhas especulações. Não havia construções grandes na direção do cume da montanha, e como os meus poderes de caminhada eram evidentemente miraculosos, fui deixado sozinho, no momento, pela primeira vez. Com uma estranha sensação de liberdade e aventura, me impeli até o topo.

Lá encontrei um assento feito de algum metal amarelo que não reconheci, corroído em certos locais por um tipo de ferrugem rosada e meio oculta por uma camada de musgo macio; os braços de ferro alinhados tinham a aparência de cabeças de grifos. Eu me sentei e inspecionei a ampla visão de nosso mundo antigo sob o crepúsculo daquele longo dia. Uma visão tão doce e bela como eu nunca vira. O sol já havia descido abaixo da linha do horizonte e o oeste era de um dourado flamejante, colorido por algumas listras horizontais de violeta e carmim. Abaixo se encontrava o vale do Tâmisa, no qual o rio parecia uma faixa de aço polido. Já me referi aos enormes palácios que pontilhavam entre a folhagem com diversos matizes, alguns em ruínas e outros ainda ocupados. Aqui e acolá, se elevava uma figura branca ou prateada no vasto jardim da terra, aqui e acolá surgia a linha vertical evidente de alguma cúpula ou obelisco. Não havia cercas vivas, nenhum sinal de direitos de propriedade, nenhuma evidência de agricultura; toda a terra se tornara um jardim.

Observando tudo isso, comecei a criar minha interpretação a respeito das coisas que vi, e enquanto elas se formavam em minha mente naquele início de noite, a interpretação seguia mais ou menos esta linha (depois descobri que acertei apenas metade da verdade, ou tive apenas um vislumbre de uma faceta): pareceu-me que havia testemunhado a humanidade em seu declínio. O crepúsculo avermelhado me fez pensar no crepúsculo da humanidade. Pela primeira vez, comecei a perceber uma consequência estranha do esforço social no qual estamos empenhados no presente. E, no entanto, pensando melhor, é uma consequência bem lógica. A força é resultado da necessidade; a segurança estabelece um prêmio sobre a fraqueza. O trabalho de melhoria das condições de vida – o verdadeiro processo civilizatório que torna a existência cada vez mais segura – havia atingido, com firmeza, o clímax. Um triunfo de uma humanidade unida sobre a natureza havia se seguido a outro. Coisas que hoje eram meros sonhos haviam se tornado projetos palpáveis e foram levados adiante. E o resultado era o que eu via!

Afinal, o saneamento e a agricultura de hoje ainda estão em fase rudimentar. A ciência de nosso tempo atacou apenas um pouco do setor do campo de doenças humanas, mas, mesmo assim, espalha suas operações com firmeza e persistência. Nossa agricultura e horticultura destroem apenas uma ou outra erva daninha e cultivam determinada variedade de plantas, deixando um enorme número sobreviver ao equilíbrio natural conforme possa. Aperfeiçoamos nossas plantas e animais favoritos – e como são poucos! – lentamente, por seleção reprodutiva; hoje um pêssego novo e melhorado, agora uma uva sem sementes; então uma flor maior e mais perfumada, depois uma raça mais produtiva de gado. Aperfeiçoamos tudo aos poucos, pois nossos ideais são vagos e experimentais, e nosso conhecimento é muito limitado; pois a natureza também é tímida e vagarosa em nossas mãos desajeitadas. É o movimento de nossa correnteza apesar dos redemoinhos. O mundo inteiro será inteligente, educado e cooperativo; as coisas se moverão cada vez mais depressa em direção ao domínio da natureza. Por fim, com sabedoria e cuidado, reajustaremos o equilíbrio da vida animal e vegetal para se adequar às necessidades humanas. Digo que este ajuste deve ter sido atingido e foi bem feito: realmente feito para a eternidade, no espaço de tempo em que minha máquina saltou. O ar estava livre de mosquitos, a terra, de ervas daninhas ou de fungos; em toda parte havia frutas e flores maravilhosas e perfumadas; borboletas brilhantes voavam para cá e para lá. O ideal da medicina preventiva fora alcançado. As doenças, dizimadas. Não vi evidências de doenças contagiosas durante toda a minha estadia. E eu terei de lhes contar mais tarde que mesmo os processos de putrefação e podridão foram profundamente afetados por essas mudanças.

Os triunfos sociais também sofreram efeitos. Via a raça humana abrigada em magníficos locais, vestida com glória e, entretanto, não a vejo engajada em nenhum trabalho. Não havia sinais de luta, nem social, tampouco econômica. As lojas, as propagandas, o trânsito, todo aquele comércio que constitui a estrutura de nosso mundo, se foram. Era natural naquele entardecer dourado que eu deveria concluir se tratar de um paraíso social.

Supus que a dificuldade da população crescente foi resolvida, a população havia se estabilizado.

Porém, com essa mudança nas condições vêm inevitavelmente adaptações à mudança. O que, a menos que a ciência biológica seja uma massa de enganos, é a causa da inteligência e do vigor humanos? Dificuldade e liberdade: condições sob as quais os ativos, os fortes e os espertos sobrevivem, e os fracos se dão mal; condições que colocam um prêmio sobre a aliança leal de homens capazes, mediante autodomínio, paciência e determinação. E a instituição da família e as emoções que dela emanam, o ciúme desvairado, a ternura pelos descendentes, a dedicação sem limites dos pais, tudo encontrou justificativa e apoio nos iminentes perigos que ameaçam os jovens. Ali, onde estavam esses perigos iminentes? Há um sentimento que surge, e ele crescerá, oposto ao ciúme conjugal, oposto à maternidade feroz, oposto à paixão de todos os tipos; coisas então desnecessárias e que causam desconforto, resquícios selvagens, dissonâncias em uma vida refinada e agradável. Pensei na delicadeza física das pessoas, em sua falta de inteligência e naquelas enormes ruínas abundantes, e isso fortaleceu minha crença em uma conquista perfeita da natureza; pois após a batalha vem a quietude. A humanidade fora forte, enérgica e inteligente, e usou toda a sua vitalidade abundante para alterar as condições sob as quais vivia. E agora vinha a reação das condições alteradas.

Sob as novas condições de conforto e segurança perfeitos, aquela energia incansável que para nós é força se tornaria fraqueza. Mesmo em nossa própria época, certas tendências e desejos, outrora necessários para a sobrevivência, são uma constante fonte de fracasso. A coragem física e o amor pelo combate, por exemplo, de nada servem – talvez sejam até obstáculos – para um homem civilizado. E em um estado de equilíbrio físico e segurança, o poder intelectual, assim como o físico, estaria deslocado. Durante incontáveis anos, julguei que não havia perigo de guerra ou de violência solitária, nenhum perigo de animais selvagens, nenhuma doença exaustiva que requeresse força de constituição, nenhuma necessidade de esforço. Pois, nessa vida, os que devemos chamar de fracos estão tão bem equipados quanto os fortes, não sendo mais, na verdade, fracos. Estão mais bem aparelhados, de fato, pois os fortes estarão afligidos por uma energia para a qual não há escape. Não há dúvida de que a beleza exótica dos edifícios que vi era resultante de uma última afluência da energia sem propósito da humanidade, antes que ela se acomodasse em perfeita harmonia com as condições sob as quais vivia – o esplendor daquele triunfo que iniciou a última grande paz. Este sempre foi o destino da energia na segurança; que leva à arte e ao erotismo, e depois se torna langor e decadência.

Mesmo o ímpeto artístico, por fim, morreria – já tinha quase se extinguido na época em que observei. Adornar-se com flores, dançar, cantar à luz do sol era tudo quanto restava do espírito artístico, nada mais. Mesmo isso desapareceria no fim em inatividade satisfeita. Somos mantidos interessados na moenda da dor e da necessidade, e me parecia que ali estava aquela odiada moenda finalmente despedaçada!

Enquanto lá permaneci na escuridão que se formava, pensei que nessa explicação simples eu havia desvendado o enigma do mundo – dominado o segredo total dessas pessoas encantadoras. Talvez os meios que haviam criado para conter o aumento da população tivessem sido tão bem-sucedidos que seu número tivesse diminuído em vez de se manter estacionado. Isso explicaria as ruínas abandonadas. A minha explicação era muito simples e bastante plausível – como a maioria das teorias erradas.

Enquanto eu estava lá em pé, refletindo sobre esse triunfo demasiadamente perfeito do homem, a lua cheia, amarela e curva, surgiu de um extravasamento de luz prateada ao nordeste. A figurinha iluminada parou de se movimentar abaixo, uma coruja silenciosa disparou por perto, e eu tremi com o frio da noite. Decidi descer e encontrar um local para dormir.

Procurei pelo edifício que conhecia. Então meu olho perambulou até a figura da esfinge branca sobre o pedestal de bronze, que se destacava cada vez mais enquanto a luz da lua que subia ficava mais brilhante. Pude ver a bétula prateada contra esse fundo. Havia o emaranhado das azáleas, negras sob a luz pálida, e o pequeno gramado. Tornei a olhá-lo. Uma dúvida estranha me gelou, acabando com a minha serenidade.

– Não – falei com firmeza para mim mesmo –, não era esse gramado.

Mas *era esse* o gramado, pois a face branca leprosa da esfinge se destacava na direção dele. Conseguem imaginar o que senti enquanto esta convicção se firmava? Não, não conseguirão. A Máquina do Tempo tinha sumido!

Imediatamente, como uma chibatada no rosto, ocorreu-me a possibilidade de perder minha própria época, de ser deixado desamparado neste estranho mundo novo. A mera possibilidade criou uma sensação física verdadeira. Eu pude senti-la me apertando a garganta e sufocando a respiração.

6. A máquina está perdida

No instante seguinte, eu me vi aterrorizado e corri com passos largos e saltitantes morro abaixo. Caí de cabeça e cortei o rosto. Não perdi tempo estancando o sangue, mas saltei para me levantar e continuei a correr, com um fio quente escorrendo pelo rosto e pelo queixo. Todo o tempo em que eu corria, pensava: "Eles a moveram um pouquinho – colocaram sob os arbustos, fora do caminho". No entanto, corri com todas as forças. O tempo todo, com a certeza por vezes acompanhada de um temor excessivo, de que eu sabia que essa confiança era insensata, pois tinha ciência instintivamente de que a máquina havia sido colocada fora de meu alcance.

Minha respiração vinha acompanhada de dor. Suponho que cobri a distância total, do cume da montanha ao pequeno gramado, uns três quilômetros talvez, em dez minutos, e não sou mais jovem. Praguejei alto enquanto corria pela minha loucura irrefletida em deixar a máquina, perdendo mais fôlego com isso. Gritei alto, e ninguém respondeu. Nenhuma criatura parecia se mexer naquele mundo enluarado.

Ao chegar ao gramado, meus mais terríveis receios se concretizaram. Não havia vestígio algum da máquina. Eu me senti fraco e gelado ao encarar o espaço vazio entre o emaranhado escuro de arbustos. Corri ao redor, com fúria, como se a máquina pudesse estar escondida em algum canto, depois parei bruscamente com as mãos apertando a cabeça. Acima de mim se erguia a esfinge sobre o pedestal de bronze, branca, brilhante, leprosa, sob a luz da lua que se elevava. Parecia sorrir, zombando do meu desespero.

Eu poderia ter me consolado imaginando que as pequenas criaturas tinham colocado o mecanismo em algum abrigo, se não tivesse me convencido de sua inadequação física ou intelectual. É isto que me desanimava: a percepção de algum poder insuspeito até então, sob cuja intervenção meu invento havia desaparecido. No entanto, de uma coisa eu me sentia seguro: a menos que outra época produzisse sua exata duplicata, a máquina não poderia ter se movimentado no tempo. A fixação das alavancas – eu mostrarei o método mais tarde – impedia qualquer pessoa de alterá-las de alguma forma quando fosse removida. Ela havia sido removida e escondida, apenas no espaço. Mas, então, onde estaria?

Acho que devo ter sofrido um tipo de surto. Lembro de ter corrido a toda entre os arbustos enluarados ao redor da esfinge e ter assustado algum animal branco, que sob a luz fraca tomei por um pequeno cervo. Lembro ainda, mais tarde naquela noite, de bater nos arbustos com os punhos cerrados até os nós dos dedos ficarem esfolados e sangrarem devido aos ramos quebrados.

Então, soluçando e me agitando de angústia, desci até o imenso prédio de pedra. O enorme saguão estava escuro, silencioso e deserto. Escorreguei no piso desalinhado e caí sobre uma das mesas de malaquita, quase quebrando a canela. Acendi um fósforo e prossegui, passando pelas cortinas empoeiradas das quais lhes falei.

Lá encontrei um segundo salão bem amplo, coberto de almofadas, sobre as quais algumas das pessoas pequenas dormiam. Não tive dúvida de que devem ter achado a minha segunda aparição bem estranha, vindo repentinamente da escuridão silenciosa com barulhos inarticulados e o crepitar e brilho de um fósforo, pois não conheciam fósforos.

– Onde está a minha Máquina do Tempo? – vociferei como uma criança zangada, agarrando-os e sacudindo-os.

Deve ter sido muito estranho para eles. Alguns riram, mas a maioria parecia extremamente assustada. Quando os vi em pé ao meu redor, percebi que estava agindo de forma tão tola quanto possível sob as circunstâncias, tentando reacender neles a sensação de medo. Após raciocinar sobre seu comportamento durante a luz do dia, pensei que o medo devia ser coisa esquecida.

Bruscamente, joguei fora o fósforo e na sequência, atingindo um deles pelo caminho, saí às cegas pela grande sala de jantar, novamente para fora, sob o luar. Ouvi gritos de terror e seus pequenos pés correndo e tropeçando de um lado para o outro. Não me lembro de tudo que fiz enquanto a lua escalava o céu. Suponho que a natureza inesperada de minha perda me enlouqueceu. Eu me senti inesperadamente separado de todos da minha espécie, um animal estranho em um mundo desconhecido. Devo ter delirado, gritando e praguejando contra Deus e o Destino. Tenho lembranças de um cansaço terrível, enquanto a longa noite de desespero se esvaía, de procurar em locais impossíveis, de tatear entre ruínas banhadas pelo luar e de tocar criaturas estranhas escondidas nas sombras escuras. Por fim, tendo exaurido minhas forças, deitei no chão perto da esfinge e chorei na mais absoluta tristeza e até mesmo com raiva pela loucura de ter deixado a máquina. Não sobrou nada em mim além da tristeza.

Depois adormeci e quando despertei novamente o dia já estava claro, e um casal de pardais pululava ao meu redor na relva ao alcance do meu braço.

Eu me ergui e sentei no frescor da manhã, tentando lembrar como eu havia chegado ali e por que tinha uma profunda sensação de deserção e desespero. Então as coisas ficaram claras em minha mente. Sob a luz do dia, clara e razoável, pude analisar as circunstâncias mais diretamente. Percebi a loucura selvagem da véspera frenética e consegui raciocinar.

– Imagine o pior – falei para mim mesmo –, imagine a máquina totalmente perdida... talvez destruída. Convém que eu fique calmo e paciente, que aprenda o jeito de ser das pessoas para obter uma ideia clara sobre como ocorreu minha perda e os meios de conseguir materiais e ferramentas para afinal, talvez, poder fazer outra. Essa é minha única esperança, uma esperança pobre, talvez, porém, melhor que o desespero. E, afinal, é um mundo lindo e curioso. Mas provavelmente a máquina apenas foi removida. Ainda assim, preciso me manter calmo e paciente, descobrir seu esconderijo e recuperá-la por força ou astúcia.

Com isso, levantei-me e olhei por perto, pensando onde poderia me banhar. Eu me sentia cansado, tenso e sujo pela viagem.

O frescor da manhã me fez desejar frescor semelhante. Eu havia exaurido minhas emoções. Na verdade, enquanto me dedicava a isso, eu me vi refletindo sobre meu intenso ânimo na véspera. Naquela manhã examinei cuidadosamente o terreno próximo ao pequeno gramado. Perdi um pouco de tempo em questionamentos fúteis transmitidos o tanto quanto possível para algumas dessas pessoas pequenas que surgiam. Nenhuma delas entendeu meus gestos — algumas apenas se mostraram impassíveis, outras pensavam que talvez fosse um gracejo e riam para mim. Tive a tarefa mais árdua do mundo para não estapear aqueles rostos lindos e risonhos. Era um impulso idiota, mas o demônio gerado pelo medo e cegado pela raiva mal se controlava e ainda estava ansioso para tirar vantagem de minha perplexidade. O chão me aconselhou melhor. Encontrei um sulco marcado nele a meio caminho entre o pedestal da esfinge e as marcas dos meus pés onde, na chegada, eu havia lutado para erguer a máquina virada. Havia outros sinais da remoção do corpo pesado por perto, pegadas estreitas como as que eu imaginaria feitas por um bicho-preguiça. Minha atenção se voltou mais para o pedestal. Era, como acho que já mencionei, de bronze. Não um bloco liso, mas bem decorado com painéis emoldurados em todos os lados. Fui lá e bati com força nele. Era oco. Examinando os painéis com cuidado, descobri que eram separados das molduras. Não havia puxadores nem fechaduras, mas possivelmente, se fossem portas como eu supunha, deviam abrir por dentro. Uma coisa ficou bem clara em minha mente. Não precisei de grande esforço mental para supor que minha Máquina do Tempo estava dentro do pedestal, mas como ela foi parar lá era outro problema.

Vi as cabeças de duas pessoas vestidas de laranja, por entre os arbustos e sob algumas macieiras em flor, vindo em minha direção. Eu me virei, sorrindo para elas, e acenei para se aproximarem. Elas vieram e então, apontando para o pedestal de bronze, tentei insinuar meu desejo de abri-lo. Mas ao primeiro gesto em relação a isso elas se comportaram de forma bem estranha. Não sei como transmitir a expressão delas para vocês. Imagine que vocês precisassem usar um gesto inadequado e vulgar para uma mulher de respeito – seria esta a expressão dela. Elas se afastaram como se tivessem recebido o pior dos insultos.

No entanto, eu queria acesso à Máquina do Tempo; então, em seguida, tentei um rapaz com aparência amistosa vestido de branco, tendo exatamente o mesmo resultado. De alguma forma, seus modos me fizeram sentir envergonhado de mim. Mas, como disse, eu queria a Máquina do Tempo. Tentei outra pessoa. Quando ele se virou como os outros, a raiva me dominou. Com três passos largos, eu estava atrás dele, agarrei-o pela parte solta de seu manto na parte do pescoço e comecei a arrastá-lo na direção da esfinge. Então pude ver tal horror e repugnância no rosto dele que imediatamente o soltei.

Porém, eu não estava derrotado ainda. Bati com o punho nos painéis de bronze. Pensei ter ouvido algo se mexer dentro – para ser explícito, pensei ter ouvido algo como um riso abafado –, mas devia ter me enganado. Então peguei um pedregulho enorme do rio, voltei e martelei com ele até amassar uma espiral na decoração e o azinhavre cair em flocos. As delicadas criaturinhas devem ter me ouvido martelar em acessos de raiva a quilômetros de distância em qualquer direção, só que nada resultou. Vi uma multidão deles sobre as encostas, lançando olhares furtivos para mim. Por fim, com calor e cansado, eu me sentei para observar o local, mas estava inquieto demais para observar por muito tempo e, além disso, sou demasiado ocidental para aguentar uma vigília prolongada. Eu podia trabalhar em um problema por anos, mas esperar sem agir por vinte e quatro horas... isso é outra coisa.

Fiquei em pé após um tempo e comecei a caminhar sem destino pelos arbustos na direção da montanha novamente.

"Tenha paciência", pensei. "Se quiser recuperar a máquina, deve deixar esta esfinge. Se eles quiserem levar a sua máquina, não adianta muita coisa destruir os painéis de bronze, caso contrário, você a recuperará assim que puder pedi-la de volta.

Sentar entre todas estas coisas desconhecidas diante de um quebra-cabeça como este é inútil. É assim a monomania. Encare este mundo. Aprenda como funciona, observe, tome cuidado com tantas suposições apressadas sobre seu significado. No final, encontrará pistas sobre tudo."

Então, subitamente, o ridículo da situação me veio à mente: a memória dos anos passados a estudar e me esforçar para chegar ao futuro e agora a ansiedade ardorosa para sair dele. Havia criado para mim mesmo a armadilha mais complicada e mais insolúvel que um homem já fizera. Embora fosse à minha própria custa, não resisti e ri alto.

Ao passar pelo enorme palácio, pareceu-me que as criaturinhas me evitavam. Pode ter sido minha impressão, ou pode ter sido algo relacionado às minhas marteladas nos portais de bronze. Mesmo assim, tinha quase certeza de que me evitavam. Entretanto, tive cuidado de não demonstrar preocupação e me abstive de persegui-los, e no decorrer de um ou dois dias as coisas voltaram às condições de antes.

7. O animal estranho

Fiz os progressos que pude quanto ao idioma e, além disso, estendi minhas explorações. A menos que tenha deixado de perceber algum ponto sutil, a linguagem deles era excessivamente simples, quase que exclusivamente composta de substantivos concretos e de verbos. Parecia talvez haver alguns termos abstratos, se é que existiam, e pouco uso de linguagem figurada. Suas sentenças eram geralmente simples, compostas de duas palavras, e eu não consegui transmitir nem entender algo mais que as mais simples proposições. Eu me determinei a deslocar o pensamento sobre a Máquina do Tempo e o mistério das portas de bronze sob a esfinge o tanto quanto possível no recôndito da minha mente até que conhecimento suficiente me conduzisse de volta a eles de forma natural. No entanto, certa sensação, que vocês podem entender, me restringia a um círculo de alguns quilômetros ao redor do meu ponto de chegada.

Tanto quanto pude observar, o mundo todo exibia a mesma riqueza exuberante do vale do Tâmisa. A partir de todas as montanhas que escalei, via a mesma abundância de edifícios esplêndidos, infinitamente variados em materiais e estilos, os mesmos grupos de moitas de sempre-vivas, as mesmas árvores repletas de flores e samambaias. Aqui e ali a água brilhava como prata e, ao longe, a terra se erguia em colinas azuladas e onduladas e assim desapareciam até se fundirem na serenidade do céu.

Um aspecto peculiar que atraiu minha atenção foram certos poços circulares que pareciam atingir grandes profundidades. Um deles ficava ao lado da trilha que galgava a montanha e que eu havia seguido durante a primeira caminhada. Esses poços tinham as bordas de bronze, curiosamente forjadas, e costumavam ser protegidos da chuva por uma pequena cúpula. Sentado ao lado deles e espiando lá embaixo, não consegui perceber nenhum reflexo de água, nem com um fósforo aceso. Ouvi um som peculiar surdo, *tum, tum, tum*, como a batida de algum mecanismo grande, e descobri pelo tremeluzir da chama do fósforo que uma corrente de ar contínua se esvaía para baixo do poço.

Além disso, descuidadamente, atirei um pedaço de papel na garganta do poço, e em vez de flutuar devagar para baixo ele foi sugado instantaneamente e desapareceu. Depois de um tempo, acabei vinculando esses poços a certas torres altas que se espalhavam sobre as encostas das montanhas. Acima deles com frequência havia uma vibração peculiar no ar, semelhante ao que se vê em um dia quente sobre a areia da praia sob o calor escorchante do sol.

Juntando essas coisas, senti uma sugestão forte de um sistema extenso de ventilação subterrânea, embora seu uso verdadeiro fosse difícil de imaginar. No início, fiquei inclinado a associá-lo com um aparato sanitário. Era a suposição óbvia daquelas coisas, mas totalmente errada.

E aqui devo admitir que aprendi muito pouca coisa sobre sistemas de drenagem, sinos, meios de transporte e conveniências similares durante o meu tempo nesse futuro real. Em algumas das visões fictícias de utopias e épocas futuras que li, há enorme profusão de detalhes sobre a construção de edifícios, arranjos sociais etc. Mas se esses detalhes são fáceis de obter quando o mundo inteiro se posta na imaginação de alguém, são ao mesmo tempo inacessíveis para um viajante verdadeiro que se vê entre essas realidades como as que me circundavam. Tentem conceber que histórias sobre Londres um negro da África Central levaria de volta à tribo. O que ele saberia sobre as estradas de ferro, os movimentos sociais, telefones e comunicação telegráfica, a empresa de envio de pacotes e remessas postais? E, no entanto, nós, pelo menos, estaríamos dispostos a explicar essas coisas. E mesmo a respeito daquilo que soubesse, em quanto ele poderia fazer seus amigos que não viajam acreditarem? Pois pensem na pequena distância que há entre um negro e um homem de nossos tempos e na distância entre mim e o povo da Era de Ouro.

Eu tinha consciência de muitas coisas que não eram vistas e que contribuíam para o meu conforto, mas, exceto por uma impressão geral de organização automática, receio que não possa transmitir muito sobre a diferença de nossas mentes.

Em relação a sepulcros, por exemplo, não vi vestígios de crematórios ou de nenhuma coisa que sugerisse túmulos. Mas me ocorreu que existissem possíveis cemitérios ou crematórios em algum local além do alcance das minhas explorações. Isso novamente foi uma pergunta que eu deliberadamente me fiz e sobre a qual minha curiosidade ficou totalmente insatisfeita. Também não havia nenhum velho ou enfermo.

Devo confessar que minha satisfação com minhas primeiras teorias de uma civilização automatizada e de uma humanidade decadente não perduraram. No entanto, não consegui pensar em nenhuma outra. Vou explicar as minhas dificuldades. Os diversos palácios enormes que explorei eram meros locais de habitação, enormes saguões para jantar e dormitórios. Não consegui encontrar maquinário algum nem equipamentos de qualquer tipo. Entretanto, essas pessoas estavam vestidas com tecidos agradáveis, que deviam necessitar substituição de vez em quando; as sandálias, embora sem enfeites, eram espécimes bastante complexos de trabalho em metal. Essas coisas deviam ser produzidas de alguma forma. E o povo pequenino não demonstrava indícios das tendências criativas de nosso tempo. Não havia lojas, oficinas, nenhuma indicação de importações de qualquer outra parte da Terra. Eles passavam o tempo todo brincando calmamente, banhando-se no rio, fazendo amor como se fosse uma brincadeira, comendo frutas e dormindo. Não consegui ver como as coisas funcionavam.

Então, voltando à Máquina do Tempo. Algo, não sei o quê, a levou para o pedestal oco da esfinge. Por quê? Não conseguia imaginar de modo algum.

Depois, havia aqueles poços sem água, aqueles pilares oscilantes. Sentia como se tivesse perdido o fio da meada em algum lugar.

Sentia... como poderia explicar? Imaginem que tenham encontrado uma inscrição com sentenças espalhadas em excelente inglês simples e as intercalasse com outras feitas de palavras até de letras absolutamente desconhecidas. Era assim que o mundo de 802.701 se apresentava a mim no terceiro dia de estadia.

Naquele dia ainda, fiz uma amiga – ou algo parecido. Aconteceu que, enquanto eu observava algumas das criaturinhas se banhando na parte rasa do rio, uma delas foi acometida de cãibra e começou a ser arrastada correnteza abaixo. A corrente principal do riacho fluía com bastante rapidez, mas não tão rápido de verdade para um nadador médio. Isso lhes dará uma ideia, portanto, da estranha carência de ideias desse povo quando lhes digo que ninguém fez a mínima tentativa de socorrer a pobre criatura que gritava, afogando-se diante dos olhos deles.

Quando percebi tudo, apressei-me em tirar as roupas e mergulhei em um ponto mais abaixo, pegando a pobre alma e trazendo-a para a terra.

Um pouco de fricção nos membros logo a trouxe de volta e tive a satisfação de ver que ela estava bem antes de deixá-la. Eu tinha esse povo pequenino em tão baixa estima que não esperava gratidão. No entanto, eu me enganei em relação a isso.

O incidente aconteceu de manhã. À tarde, encontrei a mulherzinha, que achei ser a mesma, quando estava retornando ao meu centro depois de uma exploração, e ela me recebeu com gritos de alegria e me presenteou com uma enorme guirlanda de flores, sem dúvida preparada especialmente para mim.

O gesto excitou minha imaginação. Muito possivelmente eu estivera me sentindo desolado. De qualquer modo, fiz o melhor que pude para demonstrar satisfação com o presente.

Logo estávamos sentados juntos em um caramanchão de pedra, entabulando uma conversa que consistia mais em sorrisos.

A amizade da pequena criatura me afetou exatamente como a de uma criança poderia me afetar. Trocamos flores, e ela beijou minhas mãos. Retribuí o ato. Depois, tentei conversar e descobri que seu nome era Weena, que, embora não soubesse o que significava, de alguma forma me pareceu apropriado. Foi o início de uma amizade curiosa que durou ao todo uma semana e terminou... como vou lhes narrar.

Ela era exatamente como uma criança. Queria estar comigo o tempo todo. Tentava me seguir por toda parte, e resolvi cansá-la na minha exploração seguinte e deixá-la para trás, exausta, me chamando bastante chorosa, mas os problemas do mundo deviam ser esclarecidos. Eu não havia, disse a mim mesmo, vindo ao futuro para flertar com uma mulher em miniatura. No entanto, seu desapontamento era tão grande quando a deixava, suas queixas às vezes tão frenéticas devido à separação, que pensei imediatamente que tinha tantos problemas quanto conforto com sua afeição. Entretanto, ela era, de algum modo, um grande conforto.

Pensei que fosse mera afeição infantil que a fazia se apegar a mim. Até que foi tarde demais, e não entendi claramente o mal que lhe fazia quando a deixava. Só entendi o que ela era para mim quando já era tarde demais. Pois aquela bonequinha apenas por gostar de mim e mostrar com seu modo fútil e débil que se importava comigo, naquele momento, dava ao meu retorno à vizinhança da esfinge branca quase a sensação de retorno ao lar. Eu buscava sua pequena figura de branco e dourado tão logo descia a montanha.

Foi por meio dela também que soube que o medo não havia desaparecido do mundo por completo. Ela era destemida durante a luz do dia e tinha a mais estranha confiança em mim – pois uma vez em um instante de idiota fiz caretas ameaçadoras para ela, que simplesmente riu. Mas ela temia o escuro, temia as sombras e temia coisas escuras. A escuridão era para ela uma coisa apavorante. Um medo passional de forma singular, e isso me fez pensar e observar. Então, descobri, entre outras coisas, que essas criaturinhas se reuniam em casas enormes após o escurecer e dormiam juntas em grupos. Entrar no meio delas sem uma luz era colocá-las em um tumulto de pânico. Nunca encontrei nenhuma do lado de fora ou dormindo sozinha dentro de algum local após o escurecer.

Entretanto, eu ainda era tão cabeça-dura que perdi a lição daquele medo e, apesar da evidente aflição de Weena, insistia em dormir longe daqueles montes de humanos adormecidos. Isso a incomodou imensamente, mas, em geral, a sua afeição por mim triunfava, e durante as cinco noites da nossa convivência, inclusive a derradeira noite de todas, ela repousava a cabeça juntinha à minha. Mas, ao falar dela, minha história se afasta do objetivo.

Deve ter sido na noite antes de eu ter resgatado Weena que acordei de madrugada. Estava inquieto, sonhando da forma mais desagradável possível que tinha me afogado e que anêmonas marinhas sentiam o meu rosto com palpos moles. Acordei assustado e com uma sensação estranha de que algum animal cinzento havia disparado para fora do quarto onde eu dormia.

Tentei adormecer novamente, mas me sentia inquieto e desconfortável. Era aquela hora cinzenta e turva quando as coisas mal se destacam na escuridão, quando tudo é sem cor e indistinto e, no entanto, ainda parece irreal. Eu me levantei e desci até o enorme saguão, saí sobre as lajes diante do palácio. Pensei em tirar proveito da adversidade e ver o nascer do sol.

A lua desaparecia, e o luar moribundo e a primeira palidez da aurora se mesclavam em uma meia-luz fantasmagórica. Os arbustos estavam pretos como tinta nanquim, o chão era de um cinza sombrio, o céu, descorado e sem alegria. Pensei ter visto fantasmas lá no alto da encosta da montanha. Três das diversas vezes em que examinei a encosta, observei vultos brancos. Duas vezes, imaginei ter visto um animal solitário branco semelhante a um símio correndo com bastante rapidez montanha acima, e uma vez, perto das ruínas, vi uma dupla carregando uma massa escura. Eles se moviam com rapidez. Não vi o que acontecia. Pareceram desaparecer entre os arbustos.

A aurora ainda era indistinta, vocês devem ter em conta. Sentia aquele frio, incerto, uma sensação da madrugada que podem já ter experimentado. Duvidei dos meus olhos. Quando o céu do leste ficou mais brilhante, a luz do dia aumentou e o colorido vívido retornou ao mundo, esquadrinhei a vista com cuidado, mas não vi nenhuma confirmação de meus vultos brancos. Eram meras criaturas da meia-luz.

– Deviam ser fantasmas – disse comigo mesmo. – Gostaria de saber de quando são.

Pois uma teoria estranha de Grant Allen[1] me veio à mente para me divertir. Se cada geração morre e deixa espíritos, argumentava ele, o mundo por fim ficaria lotado deles. Segundo essa teoria, eles teriam aumentado muito de agora até oitocentos mil, e não era de surpreender ver quatro de uma vez, mas a piada não foi satisfatória, e fiquei pensando nesses vultos a manhã toda, até o resgate de Weena eliminar o assunto da minha cabeça. Eu os associei de alguma forma vaga com o animal branco que eu havia assustado na primeira busca frenética pela Máquina do Tempo, porém Weena era uma substituição agradável do assunto.

Esses vultos fantasmagóricos, porém, logo estavam destinados a tomar posse da minha mente de forma mais intensa. Acho que já disse o quanto esse mundo do futuro era mais quente que o nosso. Não consigo perceber o motivo. Pode ser que o sol estivesse mais quente, ou que a Terra estivesse mais próxima do astro. É comum presumir que o sol esfriaria aos poucos no futuro, mas pessoas que não estão familiarizadas com essas especulações, como Darwin, o mais jovem,[2] esquecem que os planetas devem, afinal, um por um, voltar ao organismo-mãe. Quando essas catástrofes ocorrerem, o sol arderá novamente com energia renovada. Pode ser que algum planeta interior tenha sofrido esse destino. Seja qual for o motivo, é fato que o sol era muito mais quente do que agora.

---

1. Romancista e escritor de ciência canadense, nascido em 1848. (N.T.)
2. Trata-se de George Darwin, astrônomo, filho do famoso Charles Darwin. (N.T.)

Foi em uma manhã muito quente, a minha quarta manhã, acho, em que eu buscava refúgio do calor e do brilho intenso em uma ruína colossal perto do edifício enorme onde me abrigava, que ocorreu este incidente notável. Escalando aqueles montes de alvenaria, descobri uma galeria comprida e estreita, cujas janelas laterais e do fundo estavam bloqueadas por enormes massas de alvenaria caída e que, em contraste com o brilho de fora, parecia, a princípio, escura e impenetrável para mim.

Entrei lá tateando, pois a passagem da luz para as trevas produzia manchas coloridas que flutuavam diante de mim. De repente, parei, confuso. Um par de olhos luminosos pelo reflexo da luz diurna me fitava da escuridão!

O instintivo medo ancestral de animais selvagens me tomou. Cerrei os punhos e com rapidez observei os olhos brilhantes. Tive receio de me virar. Então, me veio à mente o pensamento de segurança absoluta na qual a humanidade parecia estar vivendo e me lembrei daquele estranho temor do escuro.

Superando o medo até certo ponto, avancei um passo e falei. Admito que minha voz estava rouca e nervosa. Estendi a mão e toquei algo macio.

Imediatamente os olhos dispararam para as laterais, e um vulto branco passou correndo por mim. Eu me virei, com o coração na boca, e vi uma figura estranha, semelhante a um símio, a cabeça abaixada de forma peculiar, correndo pelo espaço iluminado pelo sol atrás de mim. Tropeçou em um bloco de granito, cambaleou para o lado e em um instante estava escondido à sombra de outra pilha de alvenaria em ruínas.

Minha impressão sobre ele, claro, foi bastante imperfeita. Era de uma cor branca amorfa e tinha olhos estranhos, grandes e cinza-avermelhados. Havia pelos claros na cabeça e nas costas. Mas, como disse, foi rápido demais para distinguir com clareza. Nem consigo nem dizer se corria de quatro ou apenas com os braços estendidos muito para baixo.

Após hesitação momentânea, segui a criatura até o segundo monte de ruínas. Não consegui achar onde estava em um primeiro momento, mas depois de um tempo me acostumei com a obscuridade profunda e deparei com uma daquelas aberturas redondas, semelhantes a poços, que já mencionei, meio obstruída por uma coluna caída. Um pensamento súbito me ocorreu. Teria a coisa desaparecido poço abaixo? Acendi um fósforo e, olhando para baixo, vi um pequeno vulto branco se movendo com olhos enormes e brilhantes que me fitaram enquanto fugia.

A coisa me fez tremer. Era tão semelhante a uma aranha humana. Escalava a parede do poço para baixo e notei pela primeira vez diversas projeções metálicas para os pés e mãos, formando um tipo de escada.

Subitamente, o fogo queimou meus dedos, e o fósforo me escapou da mão, apagando enquanto caía. Quando acendi outro, o pequeno monstro havia desaparecido.

Não sei quanto tempo permaneci sentado espiando para baixo no enorme poço. Muito lentamente, pude me convencer de que a coisa avistada era um ser humano, mas aos poucos a verdade me atingiu: a humanidade não tinha se conservado em uma única espécie, mas havia se diferenciado em dois animais distintos; que minhas crianças tão graciosas do mundo superior não eram os únicos descendentes dos homens da minha geração, mas que esse ser noturno e desbotado que havia disparado diante de mim também era um herdeiro de nossa era.

Pensei nos pilares por sobre os quais o ar vibrava e na minha teoria sobre uma ventilação subterrânea. Comecei a suspeitar de seu verdadeiro significado.

Mas o que essa criatura estava fazendo no meu esquema de uma organização em perfeito equilíbrio? Como estava relacionada à indolente serenidade das belas pessoas do mundo superior? E o que estava escondido lá embaixo? Sentei na borda do poço, dizendo a mim mesmo que não havia o que temer ao descer e que lá eu deveria encontrar a solução para as minhas dificuldades, e ao mesmo tempo eu estava com um medo terrível de descer.

Enquanto hesitava, duas das lindas pessoas do mundo superior vieram correndo em seu jogo amoroso, pela luz do dia até a sombra. Um perseguia a outra, atirando flores nela enquanto corria. Pareceram desapontados ao deparar comigo com o braço apoiado no pilar virado, espiando poço abaixo. Aparentemente era considerado ofensivo perceber essas aberturas, pois, quando apontei para ela e tentei estruturar uma pergunta no idioma deles, eles se mostraram aflitos e me deram as costas. Entretanto, como ficaram interessados nos meus fósforos, acendi vários para diverti-los.

Todas as minhas tentativas para persuadi-los acerca do assunto que me interessava falharam, e por fim eu os deixei. Decidi voltar para Weena e ver o que poderia conseguir com ela.

Mas minha mente já estava em revolução, minhas suposições e impressões se adaptavam a novos ajustes. Tinha pistas para descobrir sobre esses poços, as torres de ventilação, o problema dos fantasmas e um indício, de fato, do significado dos portões de bronze e do destino da Máquina do Tempo. Na verdade, uma sugestão em relação ao problema econômico que havia me intrigado surgiu vagamente.

Aqui está a nova visão: estava claro que esta segunda espécie de homem era subterrânea. Havia três circunstâncias em especial que me fizeram pensar que suas raras aparições até a superfície fossem o resultado de um prolongado hábito de viver sob a terra. Em primeiro lugar, a aparência desbotada, comum na maioria dos animais que vivem a maior parte do tempo no escuro – por exemplo, os peixes brancos das cavernas de Kentucky. Depois, os olhos enormes com capacidade para refletir a luz – uma característica comum de olhos noturnos, vejam a coruja e o gato. E finalmente a confusão evidente sob a luz solar, a fuga acelerada em direção às sombras escuras e a posição da cabeça enquanto sob a luz, reforçando a ideia de retinas extremamente sensíveis.

Sob meus pés, então, a terra deve estar repleta de túneis em ampla extensão, e nessas cavernas habitava a nova raça. A presença de aberturas de ventilação e poços ao longo das encostas das montanhas – por toda a parte, na verdade, exceto ao longo do vale do rio – mostrava como as ramificações do mundo subterrâneo se estendiam amplamente.

E era natural concluir que no mundo subterrâneo se produziam as coisas necessárias para o mundo superior. Isso era tão plausível que aceitei a ideia sem hesitar. Depois disso, passei a concluir como a divisão da espécie humana aconteceu. Ouso dizer-lhes que anteciparão a forma tomada por minha teoria, embora eu logo tenha sentido que ainda estava longe da verdade sobre o caso.

Inicialmente, começando pelos problemas de nossa própria época, parecia tão claro quanto a luz do dia que a chave da explicação era a gradual expansão da atual, mas meramente temporária, diferença entre o capitalista e o operário. Sem dúvida, isso parecerá grotesco o bastante para vocês e totalmente insustentável e, entretanto, mesmo agora há circunstâncias que apontam no sentido em que as coisas foram. Existe, claramente, uma tendência de usar o espaço subterrâneo para os propósitos menos nobres da civilização; há, por exemplo, o metrô em Londres e todas essas novas estradas de ferro elétricas; temos passagens, oficinas e restaurantes subterrâneos etc. e tal. Evidentemente, pensei, essa tendência havia aumentado até que a indústria houvesse gradualmente perdido a visão do dia, indo para fábricas subterrâneas cada vez maiores, nas quais trabalhadores passavam cada vez mais tempo. Mesmo agora, um operário do East End vive em condições tão artificiais que praticamente é alijado da superfície natural da terra e do céu claro.

Então, novamente, a tendência exclusivista da classe mais rica, devido, sem dúvida, ao crescente refinamento de sua educação e à lacuna cada vez maior que a separa das rudes condições dos pobres, já leva à interdição de consideráveis extensões da superfície do país em favor dela, em contraste com os pobres.

A respeito de Londres, por exemplo, talvez a metade mais linda do país esteja vedada a essa intrusão. E o mesmo distanciamento que se alarga devido à extensão e aos custos do processo de educação superior e à enorme facilidade e à tentação de formar hábitos refinados entre os ricos fará com que esse intercâmbio frequente entre as classes, essa promoção e casamento misto, que no presente retardam a separação de nossa espécie ao longo das linhas de estratificação social, sejam cada vez menos frequentes.

Assim, no fim, haveria, acima da terra, os Abastecidos, em busca de saúde, conforto e beleza, e, abaixo da terra, os Desprovidos, os operários, continuamente se adaptando ao trabalho. Sem dúvida, assim que estivessem sob a terra, aluguéis consideráveis seriam cobrados para a ventilação das cavernas. Trabalhadores que entrassem em greve no trabalho morreriam de fome ou seriam asfixiados por dívidas de aluguel de ventilação; operários que se dispusessem a ser inadequados ao serviço e rebeldes morreriam. No final, se o equilíbrio se mantivesse permanente, os sobreviventes se tornariam tão bem adaptados às condições da vida subterrânea quanto as pessoas do mundo superior ficariam com as dela, e felizes à sua maneira. Me pareceu que a beleza refinada do mundo superior e a palidez lívida dos de baixo aconteceriam naturalmente.

O grande triunfo da humanidade que eu sonhava até então tomava uma forma diferente em minha mente. Não foi triunfo da educação universal e da cooperação geral, como imaginei no princípio. Em vez disso, vi uma aristocracia autêntica, armada de ciência aperfeiçoada e trabalhando para uma conclusão lógica do sistema industrial de hoje. O triunfo da humanidade do mundo superior não havia sido um mero triunfo sobre a natureza, mas um triunfo sobre a natureza e seus companheiros.

Devo adverti-los de que essa era a minha teoria naquele momento. Não havia um cicerone conveniente no padrão dos livros de utopia. Minha explicação pode estar totalmente errada, mas ainda penso ser a mais plausível de todas. Mas, mesmo com essa suposição, o equilíbrio da civilização que fora finalmente alcançado ultrapassara o seu zênite havia muito tempo e estava em declínio avançado. A segurança perfeita demais do mundo superior havia conduzido para um lento movimento de degeneração final — para uma redução geral em tamanho, força e inteligência. Isso eu constatava com bastante clareza, mas não suspeitava ainda o que acontecera no mundo subterrâneo. No entanto, pelo que eu havia observado dos morlocks — que, por sinal, era o nome pelo qual aquelas criaturas eram chamadas —, pude imaginar que a modificação do tipo humano era muito mais profunda no mundo subterrâneo que entre os elóis, a linda raça que eu já conhecia.

Então, surgiram algumas dúvidas inquietantes. Por que os morlocks haviam tomado a minha Máquina do Tempo? Pois eu estava certo de que eram eles que a haviam tomado. Por que, também, se os elóis eram os senhores, não podiam me devolver a máquina? E por que tinham tanto medo da escuridão?

Eu me determinei, como disse antes, a questionar Weena sobre esse mundo subterrâneo, mas novamente fiquei desapontado. No início, ela não entendeu as perguntas, depois se recusou a responder. Ela tremia como se o assunto fosse insuportável. E quando a pressionei, talvez com um pouco mais de firmeza, ela caiu em pranto.

Foram as únicas lágrimas que vi naquela era futura, exceto as minhas. Quando as vi, parei subitamente de perturbá-la sobre os morlocks, e fiquei apenas preocupado em voltar a tirar aqueles sinais de herança humana dos olhos dela. E depois, ela sorria e batia palmas enquanto eu solenemente acendia um fósforo.

8. Os morlocks

Pode parecer estranho para vocês, mas foi somente após dois dias que pude dar continuidade à pista desses morlocks da forma evidentemente apropriada e desci no poço. Sentia especial repugnância daqueles corpos pálidos. Tinham a exata cor, meio desbotada, dos vermes e coisas que se veem preservadas em álcool em um museu de zoologia. E eram frios ao toque. Provavelmente minha repugnância devia-se em grande parte à simpática influência dos elóis, cujo asco pelos morlocks eu agora começava a entender.

Na noite seguinte, não dormi muito bem. Talvez minha saúde estivesse um pouco descoordenada. Sentia-me oprimido por dúvidas e perplexidade. Uma ou duas vezes tive uma sensação de medo intenso para o qual não pude perceber qualquer motivo aparente. Eu me lembro de me esgueirar em silêncio no enorme salão onde o povo miúdo dormia sob o luar – naquela noite Weena estava entre eles – e de me sentir tranquilizado por aquela presença. Ocorreu-me até que dentro de alguns dias a lua passaria pelo seu último quarto, as noites se tornariam escuras, e a aparição daquelas criaturas subterrâneas desagradáveis, daqueles lêmures branquelos, daqueles novos vermes que haviam substituído os antigos, poderia ser mais abundante.

Nesses dois dias, tive a sensação inquieta de alguém que se encolhe frente a uma obrigação inevitável. Estava convencido de que a Máquina do Tempo só poderia ser recuperada se penetrasse corajosamente naqueles mistérios subterrâneos. No entanto, eu não conseguia enfrentá-los. Se ao menos tivesse companhia, teria sido diferente, mas estava tão irremediavelmente sozinho que mesmo a simples ideia de descer pela escuridão do poço me desanimava.

Não sei se entendem como me sentia, mas eu não me sentia nada seguro.

Foi essa inquietação, talvez, que me impeliu cada vez mais adiante nas expedições exploratórias. Indo em direção ao sudoeste na região emergente que agora é chamada de Combe Wood, observei ao longe, em direção da Banstead do século XIX, um vasto amontoado verde, de características diferentes de qualquer outro que já havia visto. Era mais extenso até que o maior dos palácios ou ruínas que conhecia, e a fachada me parecia de estilo oriental. Na frente, havia o brilho e também uma coloração verde-clara, meio que um verde-azulado, de certo tipo de porcelana chinesa. A diferença na aparência do prédio sugeria uma distinção em seu uso. Fui impelido a seguir adiante e explorar, mas já estava ficando tarde e eu havia avistado o local após um circuito longo e exaustivo. Decidi postergar esse exame para o dia seguinte e retornei para os carinhos e boa acolhida da pequena Weena.

Na manhã seguinte, porém, fiquei com remorso por minha hesitação em descer ao poço e encarar os morlocks nas suas cavernas. Percebi que a minha curiosidade em relação a essa enorme pilha de porcelana verde era mero pretexto para adiar a temida experiência. Decidi que desceria sem mais perda de tempo e parti de manhã cedo em direção a um poço perto dos escombros de granito e de alumínio.

A pequena Weena corria ao meu lado. Ela me seguiu dançando até o poço, mas, quando me viu inclinar sobre a borda e olhar para baixo, pareceu estranhamente perturbada.

– Até logo, pequena Weena – disse eu, dando-lhe um beijo. Depois de colocá-la no chão, comecei a tatear o parapeito para localizar os ganchos de escalada com bastante pressa, pois temia que minha coragem pudesse se esvair.

No início, Weena me observou admirada, então ela soltou o grito mais doloroso e, correndo para mim, começou a me deter com as mãozinhas. Acho que sua oposição me incentivou ainda mais a prosseguir. Eu a sacudi, talvez um tanto rudemente, e, no instante seguinte, já estava na boca do poço.

Vi o rosto angustiado dela sobre o parapeito e sorri para acalmá-la. Depois, tive de olhar para baixo para os ganchos instáveis nos quais eu me dependurava.

Tive que descer com esforço um fosso de cerca de cento e oitenta metros. A descida foi efetivada por meio de barras metálicas que se projetavam das laterais do poço; por serem adaptadas às necessidades de uma criatura muito menor e mais leve, logo fiquei com cãibras e cansado com a descida. E não só cansado. Meu peso, subitamente, vergou um dos ganchos e quase me lançou escuridão abaixo.

Por um instante, fiquei dependurado no ar por uma mão e, depois dessa experiência, não ousei voltar a descansar; embora meus braços e costas doessem muito naquele momento, continuei a descer com a maior rapidez possível. Ao espiar para cima, vi a abertura do poço, um mero disco pequeno azul acima de mim, no qual uma estrela era visível, e a cabeça da pequena Weena parecia como uma projeção redonda escura. O ruído surdo de alguma máquina abaixo de mim aumentou, tornando-se cada vez mais opressivo. Tudo, exceto aquele círculo mínimo acima, estava profundamente escuro. Quando tornei a olhar para cima, Weena havia desaparecido.

Senti profunda agonia. Pensei em tentar subir o fosso e deixar o mundo subterrâneo. Porém, mesmo enquanto remoía isso na mente, continuava a descer.

Foi com imenso alívio que distingui vagamente, trinta centímetros à minha direita, uma abertura estreita na parede do fosso e, girando o corpo, descobri a entrada de um túnel estreito e horizontal no qual eu podia me deitar e descansar.

Já não era sem tempo. Meus braços doíam, minhas costas estavam com cãibras, e eu tremia com o medo prolongado de cair. Além disso, a escuridão contínua criou um efeito desanimador em meus olhos. O ar era preenchido por batidas e zumbidos do maquinário que bombeava ar para dentro do fosso.

Não sei por quanto tempo fiquei deitado naquele túnel. Fui despertado por uma mão mole tocando meu rosto. Tateando no escuro, agarrei os fósforos e, ao rapidamente riscar um, vi três criaturas brancas e grotescas, semelhantes à que vira acima nas ruínas, esquivando-se depressa diante da luz. Habitando, como faziam, no que me parecia ser uma escuridão impenetrável, seus olhos eram anormalmente grandes e sensíveis, assim como os olhos de peixes abissais ou de quaisquer criaturas exclusivamente noturnas, refletindo a luz da mesma forma. Não tenho dúvidas de que podiam me ver naquela obscuridade total e não pareciam ter medo de mim, exceto pela luz. Mas, assim que acendi um fósforo para enxergá-los, fugiram incontinentes, desaparecendo nos esgotos e túneis escuros de onde me espiavam com as pupilas acesas do modo mais estranho.

Tentei chamá-los, mas a linguagem que usavam parecia diferente da do povo do mundo superior. Assim, fui deixado à minha própria exploração sem ajuda. O pensamento de fugir em vez de explorar surgiu na minha mente.

Agora você está aqui, pensei, e segui adiante.

Tateando o caminho ao longo desse túnel, o ruído confuso de maquinário ficou mais alto e no momento em que as paredes sumiram diante de mim, cheguei a um amplo espaço aberto; acendendo outro fósforo, me vi diante de uma enorme caverna em abóbada, que se estendia na escuridão, pelo menos até além do alcance da luz.

A visão que tive dessa caverna foi o que o lume do fósforo me permitiu. Inevitavelmente, a lembrança do fato é muito vaga. Formas grandes, como máquinas imensas, se elevavam na escuridão e jogavam sombras escuras grotescas, nas quais os fantasmagóricos morlocks se abrigavam da claridade. O local, por sinal, era muito abafado e opressivo, e o débil aroma de sangue recém-derramado pairava no ar. Em alguma parte abaixo da vista central havia uma mesinha de metal branco sobre a qual uma refeição parecia estar espalhada. Os morlocks certamente eram carnívoros. Mesmo na época, eu me lembro de ter pensado qual animal grande poderia ter sobrevivido para fornecer a peça vermelha que vi. Tudo era meio indistinto, o cheiro nauseante, as grandes formas sem significado, os vultos brancos esgueirando-se nas sombras e apenas aguardando a escuridão para vir até a mim. Então, o fósforo fez meus dedos arderem, se apagou e caiu, um ponto vermelho tortuoso na escuridão.

Pensei então em como eu estava mal equipado. Quando comecei com a Máquina do Tempo, havia iniciado com a suposição absurda de que os homens do futuro com certeza estavam muito adiante de nós em todos os equipamentos. Havia vindo sem armas, sem medicamentos, sem nada para fumar – às vezes sentia terrível falta de tabaco –, mesmo sem fósforos suficientes. Se ao menos tivesse pensado em uma máquina fotográfica! Poderia ter capturado aquela visão do mundo subterrâneo em um segundo e examinado com calma. Do jeito que estava, porém, fiquei parado ali em pé, apenas com os armamentos e poderes que a natureza havia me dotado: mãos, pés e dentes – e fósforos, apenas quatro.

Fiquei com medo de abrir caminho entre todas aquelas máquinas no escuro, e foi só com a última olhada na luz que descobri que o estoque de fósforos estava bem baixo. Não havia me ocorrido até aquele momento que teria necessidade de economizá-los e havia desperdiçado quase metade da caixa para surpreender as pessoas do mundo superior, para quem o fogo era novidade. Como disse, sobravam apenas quatro.

Então, enquanto estava em pé no escuro, uma mão tocou a minha; depois alguns dedos esguios foram tocando o meu rosto. Sentia um odor enjoativo e desagradável. Parece que detectei a respiração de diversos daqueles seres pequenos sobre mim. Senti que tentavam soltar a caixa de fósforos da minha mão, enquanto outras mãos por trás de mim puxavam as minhas roupas.

A sensação desses seres, que não podiam ser vistos, me apalpando, foi indescritivelmente desagradável. A percepção súbita da minha ignorância sobre seus pensamentos e reações me ocorreu, de uma forma vívida, na escuridão. Gritei o mais alto que pude. Eles se afastaram e depois pude senti-los voltando. Eles me agarraram de forma mais ostensiva, sussurrando sons estranhos. Estremeci violentamente e tornei a gritar, protestando. Dessa vez, não ficaram tão intimidados e soltaram um barulho estranho de riso enquanto voltavam a se aproximar.

Confesso que fiquei totalmente apavorado. Decidi riscar outro fósforo e escapar sob a chama. Aumentando a luminosidade com um pedaço de papel do bolso, bati em retirada rapidamente até o túnel estreito. Mas mal havia entrado quando o fósforo se apagou e pude ouvi-los na escuridão sussurrando como vento entre folhas e tamborilando como a chuva enquanto se apressavam no meu encalço.

Em um instante, tornei a ser agarrado por diversas mãos, e não houve dúvida de que tentavam me puxar de volta. Acendi outro fósforo e o balancei diante dos rostos ofuscados. Vocês não podem imaginar como aqueles pálidos semblantes nauseantemente desumanos, sem queixo, sem pálpebras, de olhos rosa-acinzentados, pareciam enquanto me encaravam de modo estúpido, evidentemente cegados pela luz.

Assim, ganhei tempo e recuei de novo, e, quando meu segundo fósforo se apagou, acendi o terceiro. Este havia quase se queimado quando alcancei a abertura do túnel acima do poço. Apoiei-me na beirada, pois o redemoinho vibrante da máquina de bombeamento de ar abaixo me deixou tonto e tateei dos lados, buscando os ganchos projetados. Enquanto isso, meus pés foram agarrados por trás, fui puxado violentamente para trás. Acendi o último fósforo — e ele se apagou instantaneamente. Agora, porém, tinha a mão sobre as barras de escalada e, chutando com violência, me desvencilhei das garras dos morlocks e rapidamente já estava voltando a subir.

Eles permaneceram espiando para cima do poço e piscando, exceto um pequeno desgraçado que me seguiu durante parte do trajeto e, na verdade, por um triz quase capturou minha bota como troféu.

Aquela escalada pareceu interminável. Enquanto eu ainda tinha os últimos seis a dez metros a percorrer, uma náusea terrível tomou conta de mim. Tive enorme dificuldade em me manter seguro. Os últimos metros foram uma luta aterrorizadora contra o desfalecimento. Diversas vezes, minha cabeça vagou e senti todas as sensações de queda.

Por fim, não sei bem como, alcancei a borda do poço e disparei para fora das ruínas até a ofuscante luz solar. Caí de rosto para baixo. Até o chão parecia doce e limpo.

Depois, só me lembro de Weena beijando as minhas mãos e orelhas e das vozes de outros elóis. Então, provavelmente, fiquei sem sentidos por um tempo.

9. Quando a noite veio

Então, realmente, minha situação parecia pior que antes. Até ali, exceto durante minha angústia noturna com a perda da Máquina do Tempo, mantivera certa esperança de poder fugir, mas minha esperança foi abalada por essas novas descobertas. Até o momento, pensei meramente estar impedido pela simplicidade infantil do povo pequeno e por algumas forças desconhecidas que precisava apenas entender para superar. Mas havia um novo elemento na qualidade doentia dos morlocks, algo inumano e maligno. Instintivamente eu os odiava. Antes, eu me sentia como um homem que caiu no poço: minha preocupação era o fosso e como sair de lá. Mas agora me sentia como um animal em uma armadilha, cujo inimigo está prestes a surgir.

O inimigo que eu temia podia surpreender. Era a escuridão da lua nova. Weena havia colocado isso na minha cabeça, no princípio, fazendo algumas alusões incompreensíveis sobre as Noites Escuras. Agora não era muito difícil adivinhar o que essas Noites Escuras significavam. A lua estava minguando; a cada noite havia um intervalo mais longo de escuridão. E compreendi, um pouco, pelo menos, o motivo do medo de escuro do povo pequeno. Fiquei pensando vagamente que tipo de perversidade doentia os morlocks executavam sob a escuridão da lua nova.

Fosse qual fosse a origem das condições existentes, tive bastante certeza de que minha segunda hipótese estava totalmente equivocada. O povo do mundo superior pode ter sido a aristocracia favorecida do mundo no passado, e os morlocks, seus servos mecânicos, mas esse estado já tinha acabado há muito tempo. As duas espécies que resultaram da evolução do homem estavam decaindo ou já haviam atingido um novo estado de relacionamento juntas. Os elóis, como os reis carolíngios, decaíram até se tornarem peças decorativas. Ainda possuíam a terra por tolerância dos morlocks, já que eles, com a vida subterrânea por várias gerações, acabaram por achar insuportável a luz diurna da superfície. E os morlocks faziam suas vestimentas, deduzi, e as mantiveram em suas necessidades habituais, talvez por causa da sobrevivência de um antigo hábito de servir. Eles agiam como cavalos empinados que erguem as patas dianteiras ou como um homem que curte matar animais por esporte – pois necessidades ancestrais há muito perdidas as tinham imprimido no organismo. Mas, obviamente, a antiga ordem já havia sido revertida em parte. A nêmese dos delicados se acelerava rapidamente. Anos antes, há milhares de gerações, um homem atirara seu irmão para fora da vida fácil e da luz solar. E agora aquele irmão retornava... transformado. Os elóis já começavam a aprender uma nova lição. Voltavam a familiarizar-se com o medo.

Então, de repente, me veio à mente a lembrança da carne que havia visto no mundo subterrâneo. Parecia estranho como essa lembrança flutuou para a minha mente, não confusa, como era, pelo fluxo de meditações, mas quase como uma pergunta que alguém de fora faz. Tentei me lembrar de sua forma. Tive uma vaga sensação de algo familiar, mas naquele momento não pude dizer o quê.

Ainda, no entanto, por mais inofensivo que o povo pequenino pudesse ser na presença de seu misterioso medo, eu era constituído de outro modo. Vim desta nossa época, de maturidade primordial da raça humana em que o medo não paralisa, e o mistério perdeu seus terrores. Eu, pelo menos, me defenderia. Sem mais delongas me determinei a me armar e a arrumar um local protegido onde pudesse dormir em certa segurança. Desse refúgio como base, poderia novamente enfrentar o mundo estranho com um pouco da confiança que havia perdido quando percebi a que tipo de criaturas sinistras eu ficaria exposto à noite. Senti que jamais poderia dormir de novo até que a minha cama estivesse em lugar seguro. Tremi de horror ao pensar como já deviam ter me examinado durante o sono.

Vaguei durante a tarde ao longo do vale do Tâmisa, mas não descobri nada que se apresentasse como esconderijo suficientemente impenetrável. Todos os edifícios e árvores pareciam facilmente acessíveis para criaturas tão hábeis em escalar quanto os morlocks, a julgar pelos poços. Então os altos pináculos do palácio de porcelana verde e o brilho das paredes polidas voltaram à minha lembrança e, no fim da tarde, colocando Weena sobre os ombros, feito criança, subi as montanhas em direção a sudoeste. Eu calculava a distância entre onze a treze quilômetros, mas devia ser mais, quase trinta quilômetros. Na primeira vez em que vi o palácio era uma tarde úmida, quando as distâncias se mostram enganadoramente menores. Além disso, o salto de um dos sapatos estava solto e um prego furava a sola – era um par velho e confortável que eu usava dentro de casa –, então eu mancava. Já passava muito do crepúsculo quando avistei o palácio, destacando sua silhueta escura contra o céu amarelo pálido.

Weena havia ficado extremamente satisfeita quando a carreguei no começo, mas, após um tempo, quis descer e corria ao meu lado, disparando de vez em quando por todo lado para colher flores e encher os meus bolsos. Os bolsos haviam intrigado Weena, mas, no fim, ela havia concluído que eram um tipo excêntrico de vasos para conter flores. Pelo menos, ela os utilizava para esse propósito.

E isso me faz lembrar! Enquanto eu trocava o meu paletó, encontrei...

(*O Viajante do Tempo se interrompeu, colocou a mão no bolso e, silencioso, depositou sobre a mesinha duas flores murchas, não muito diferentes de enormes malvas brancas. Depois retomou a narrativa.*)

Enquanto o silêncio da noite tomava o mundo e prosseguíamos sobre o cume na direção de Wimbledon, Weena se cansou e quis voltar para a casa de pedras cinzentas. Mas eu apontei os distantes pináculos do palácio de porcelana verde e tratei de fazê-la entender que lá buscávamos refúgio de seu medo.

Vocês conhecem aquela imensa calmaria que cai sobre as coisas antes do escurecer. Até a brisa deixa de soprar sobre as árvores. Para mim, sempre há um ar de expectativa sobre essa calmaria noturna. O céu estava limpo, distante e vazio, exceto por algumas poucas listras lá ao longe, ao poente.

Naquela noite, a expectativa tomou a cor dos meus medos. Na calmaria obscura, os meus sentidos pareciam estar sobrenaturalmente aguçados. Tive a impressão de que podia até sentir o oco do solo abaixo dos pés, podia de fato quase ver através dele, os morlocks em seu formigueiro, andando para lá e para cá, esperando pelo escurecer. Nesse estado de agitação, imaginei que tomariam minha invasão das suas tocas como declaração de guerra. E por que haviam pegado a Máquina do Tempo?

Assim, ficamos no silêncio, e o crepúsculo se aprofundou em noite. O azul-claro a distância desapareceu e as estrelas surgiram uma após a outra. O solo tornou-se indistinto e as árvores escureceram. Os receios de Weena e sua fadiga aumentaram. Eu a tomei nos braços, conversei com ela e a acariciei. Depois, enquanto a escuridão ficava cada vez mais profunda, ela colocou os braços ao redor do meu pescoço e, fechando os olhos com força, pressionou o rosto contra o meu ombro.

Descemos uma longa encosta até o vale e lá, na escuridão, quase caí dentro de um pequeno riacho. Vadeei o riacho e subi pelo lado oposto do vale, passando por inúmeras casas-dormitórios e por uma estátua que me pareceu, na luz indistinta, representar um fauno ou algo parecido, sem a cabeça. Ali também havia acácias. Até então, não havia avistado morlock algum, mas ainda era o começo da noite, e as horas mais escuras antes que a velha lua subisse ainda estavam por vir.

Do cimo da próxima colina, avistei um bosque fechado que se espalhava amplo e escuro diante de mim. Hesitei. Não conseguia ver o fim nem à direita, nem à esquerda. Sentindo cansaço – os pés, especialmente, estavam bem doloridos –, com cuidado desci Weena de meus ombros enquanto parava e me sentava na relva. Não conseguia mais avistar o palácio de porcelana verde e tinha dúvidas quanto à direção.

Olhei para o bosque denso e pensei no que ele podia esconder. Sob aquele emaranhado espesso de galhos, não conseguiríamos vislumbrar as estrelas. Mesmo que não houvesse outro perigo à espreita – um perigo que eu não queria nem imaginar –, ainda haveria todas as raízes para tropeçar e os troncos para evitar o choque. Eu também estava bastante exausto, após as agitações do dia, e decidi que não o enfrentaria e passaria a noite ao ar livre na montanha. Foi com satisfação que descobri que Weena adormecera profundamente. Com cuidado, eu a envolvi em meu casaco e me sentei ao lado dela, aguardando a lua surgir. A encosta na qual me encontrava estava silenciosa e deserta, mas da escuridão do bosque ouvia de vez em quando uma agitação de seres vivos. Acima de mim havia o brilho das estrelas, pois a noite era clara. Tive certa sensação de conforto familiar com seu cintilar. Todas as antigas constelações haviam desaparecido do céu, entretanto, pois aquele movimento lento que é imperceptível durante o período de doze vidas humanas há muito tempo as reagrupara de forma diferente, mas a Via Láctea, me pareceu, ainda era a mesma faixa esburacada de poeira de estrelas, como outrora. Para o sul – conforme acreditava –, havia uma estrela vermelha muito brilhante, nova para mim. Era ainda mais esplêndida que a nossa verde Sirius. Entre todos esses pontos cintilantes no céu, um planeta brilhava firme e amistoso, como o rosto de um velho amigo.

Ao olhar para aquelas estrelas, de repente tive ciência da insignificância dos meus próprios problemas e de toda a gravidade da vida terrestre. Pensei na distância incalculável e no vagar lento e inexorável dos seus movimentos de um passado desconhecido para um futuro desconhecido. Refleti sobre o enorme ciclo precessional que o polo da Terra descreve no céu. Apenas quarenta vezes essa revolução silenciosa ocorreu durante a minha travessia pelos anos. E, durante essas poucas revoluções, toda a atividade, todas as tradições, as organizações tão cuidadosamente planejadas, os países, os idiomas, a literatura, as aspirações e até mesmo a mera lembrança do homem que eu conhecia como homem haviam sido varridos da existência. Em seu lugar havia essas criaturas frágeis esquecidas de seus ancestrais e os animais brancos que eu temia. Depois pensei no grande medo que havia entre essas duas espécies, e, pela primeira vez, com um súbito arrepio, tive ciência clara de que tipo de carne eu poderia ter visto. Mesmo assim era horrível demais! Olhei a pequena Weena dormindo ao meu lado, o rosto branco e pálido sob as estrelas, e imediatamente varri o pensamento da mente.

Durante toda aquela longa noite, mantive a mente longe dos morlocks o quanto pude, e passei o tempo tentando encontrar vestígios das antigas constelações em meio à nova confusão. O céu se mantinha muito claro, exceto por alguma nuvem apressada. Sem dúvida, cochilei por vezes. Então, enquanto a vigília ia terminando, o céu começou a empalidecer na direção do leste, como um reflexo de algum fogo sem cor, e a velha lua afinou e subiu esbranquiçada. E atrás, por perto, dominando-a e envolvendo-a, surgiu a aurora, pálida no início e se tornando rosada e cálida.

Nenhum morlock se aproximara de nós. Na verdade, não vi nenhum sobre a montanha naquela noite. Na confiança de um dia renovado, quase me pareceu que o medo tinha sido insano. Fiquei em pé e descobri que meu tornozelo estava inchado devido ao salto solto e meu calcanhar doía. Voltei a me sentar, tirei os sapatos e os joguei longe.

Acordei Weena e imediatamente descemos para o bosque, agora verde e agradável, em vez de escuro e ameaçador. Lá colhemos frutas para o desjejum. Logo encontramos outros elóis, rindo e dançando sob a luz do sol, como se não houvesse algo na natureza como a noite.

Então, voltei a pensar na carne. Tive certeza do que se tratava e, do fundo do coração, lamentei esse último e humilde riacho em que se transformara o rio caudaloso da humanidade. Era óbvio que em algum momento dos longos anos de decadência humana havia faltado comida para os morlocks. Talvez tivessem se alimentado de ratos e vermes assemelhados. Mesmo agora, o homem é muito menos discriminatório e exclusivista na seleção de seus alimentos, muito menos que qualquer símio. O preconceito contra a carne humana não é instinto arraigado. E, assim, esses descendentes inumanos dos homens...

Tentei encarar o fato com espírito científico. Afinal, eles mal podiam ser contados como seres humanos, eram menos humanos e mais distantes que nossos ancestrais canibais de três ou quatro mil anos atrás. E as mentes que teriam sido atormentadas por esse estado já não existiam mais. Por que eu deveria me incomodar? Os elóis eram mero gado de engorda que os morlocks, semelhantes a formigas, preservavam e caçavam, talvez cuidando deles para esse fim. E lá estava Weena, dançando ao meu lado!

Então, tentei me resguardar do horror que me tomava ao encarar tudo isso como um castigo rigoroso sobre o egoísmo humano; o homem se satisfez em viver na calma e se deleitar com o trabalho de seus semelhantes; tomou a necessidade como senha e desculpa. E, com a plenitude do tempo, a necessidade havia se voltado contra ele. Até tentei um escárnio, à moda de Carlyle, sobre esses aristocratas miseráveis em decadência.

Mas essa atitude mental era insustentável. Por pior que fosse sua degradação intelectual, os elóis haviam mantido muito da forma humana para não atrair compaixão e para me fazer necessariamente um participante de sua degradação e medo.

Tive nesse momento ideias muito vagas sobre que caminho deveria seguir. Minha primeira ideia era assegurar algum local a salvo como abrigo para Weena e para mim, e produzir as armas de metal ou de rocha que pudesse inventar. Essa necessidade era imediata. Em seguida, esperava encontrar meios de buscar fogo para ter uma tocha na mão, pois sabia que seria muito eficiente contra aqueles morlocks. Depois queria arranjar um equipamento para abrir as portas de bronze sob a esfinge branca. Tinha em mente um aríete. Estava certo de que, se pudesse penetrar aquelas portas levando uma chama de luz diante de mim, eu descobriria a Máquina do Tempo e escaparia. Não acreditava que os morlocks fossem poderosos suficientes para levá-la muito longe. Quanto a Weena, decidi trazê-la comigo para o nosso tempo.

Ao remoer esses planos na mente, tomei o caminho do edifício que me parecia a escolha adequada como nossa moradia.

10. O palácio de porcelana verde

Conforme descobri quando nos aproximamos, por volta do meio-
-dia, o palácio de porcelana verde estava deserto e em ruínas.
Somente estilhaços de vidro permaneciam nas janelas, e grandes
lâminas do revestimento verde caíram da corroída estrutura de
metal. Erguia-se muito alto, em uma descida gramada, e, ao me
virar para nordeste antes de entrar, fiquei surpreso por ver um
grande estuário, ou um braço de mar, onde achei que, em tempos passados, existiram Wandsworth e Battersea.[1] Pensei então,
sem perseguir a ideia, no que poderia ter acontecido, ou estaria
acontecendo, aos animais marinhos.

Examinando seu material, o palácio provou ser realmente
de porcelana e, acima de sua fachada, vi uma inscrição em ca-
racteres desconhecidos. Um pensamento bobo me ocorreu, que
Weena poderia me ajudar a interpretá-los, para descobrir apenas
que a mera ideia de escrever jamais lhe viera à mente. Acho que
ela sempre me parecia mais humana do que era, talvez por sua
afeição parecer tão humana.

Do outro lado dos grandes batentes da porta, aberta e que-
brada, deparamos, em vez do saguão habitual, com uma longa
galeria iluminada por muitas janelas laterais. Mesmo à primeira
vista, recordou-me um museu. O chão ladrilhado estava coberto
por espessa camada de poeira, e uma notável variedade de diversos objetos encontrava-se igualmente envolta pela cobertura
cinzenta. Estava claro que o lugar fora abandonado há um tempo
considerável.

Então percebi, erguendo-se estranho e colossal no centro do
saguão, aquilo que, claramente, constituía a parte inferior
do esqueleto de um imenso animal. Ao me aproximar, reconheci,

---

1. Bairros de Londres. (N.T.)

pelos pés oblíquos, tratar-se de alguma criatura extinta, do tipo do megatério.[2] O crânio e os ossos superiores jaziam ao lado, em meio à densa poeira e, em um lugar onde a chuva pingara através de algum vazamento no telhado, o esqueleto apodrecera. Mais para o fundo da galeria havia a enorme caixa torácica de um brontossauro. Minha hipótese de que se tratava de um museu assim se confirmava. Caminhando para a lateral da galeria, descobri algo que parecia ser prateleiras inclinadas e, afastando o pó espesso, encontrei as antigas caixas de vidro de nossa época. Entretanto, deviam ser herméticas, a julgar pela razoável conservação de alguns dos conteúdos.

Era óbvio que nos encontrávamos entre as ruínas de alguma reminiscência do antigo museu de South Kensington. Ali, aparentemente, era a seção de paleontologia, e que esplêndida coleção de fósseis deveria ter sido; apesar de o inevitável processo de decomposição, retardado por certo tempo através da extinção das bactérias e dos fungos, ter perdido noventa e nove por cento da força, estava, ainda assim, com toda a certeza, mesmo se com lentidão extrema, voltando a acometer todos os seus tesouros. Aqui e ali encontrei vestígios do povo pequenino na forma de raros fósseis partidos em pedaços ou enfiados em barbantes pendurados em caniços. Em alguns casos, as vitrines haviam sido removidas pela força física; pelos morlocks, suponho.

O local estava muito silencioso. O pó espesso abafava os passos. Weena, que estivera rolando um ouriço-do-mar por um vidro inclinado, veio ao meu encontro enquanto eu observava tudo ao redor e, discretamente, segurou a minha mão e se postou ao lado.

Primeiro, fiquei tão surpreso com o antigo monumento de uma época intelectual que nem pensei nas possibilidades que me apresentava. Até a preocupação com a Máquina do Tempo e com os morlocks retrocedeu um pouco. A curiosidade relativa ao destino da humanidade, que me levou a viajar no tempo, se des-

---

2. Designação comum às preguiças-gigantes. (N.T.)

vaneceu. A julgar pelo tamanho do local, o palácio de porcelana verde abrigava muito mais do que uma galeria de paleontologia, talvez galerias históricas, poderia ser até mesmo uma biblioteca! Para mim, pelo menos nas circunstâncias do momento, seriam muitíssimo mais interessantes que o espetáculo de geologia em decadência dos velhos tempos.

Explorando mais, encontrei outra pequena galeria transversal. Esta parecia ter sido dedicada aos minerais, e a visão de um bloco de enxofre direcionou a minha mente diretamente à pólvora. Mas não encontrei salitre, tampouco qualquer tipo de nitrato. Com certeza, deviam ter se decomposto há séculos. Mesmo assim, fiquei com o enxofre na cabeça, o que levou a outra cadeia de pensamentos. Quanto aos demais conteúdos daquele lugar, mesmo sendo os mais bem conservados, pouco interesse me despertaram. Não sou especialista em mineralogia e logo deparei com uma ala muito arruinada, paralela ao primeiro salão.

Aparentemente, a seção era dedicada à história natural, mas ali tudo deixara de ser reconhecível havia tempos. Alguns vestígios enrugados do que já foram animais empalhados, múmias ressequidas em frascos que já contiveram álcool, uma poeira castanha de plantas desaparecidas; isto era tudo. Tive pena, pois teria gostado de desvendar os pacientes ajustes por meio dos quais a conquista na natureza animada fora alcançada.

De lá, acabamos em uma galeria de proporções simplesmente colossais, mas particularmente mal iluminada, cujo piso tinha um pequeno declive a partir da extremidade por onde eu entrara. Do teto, pendiam globos brancos, espaçados, muitos trincados e partidos, algo que sugeria que em sua origem o local fora artificialmente iluminado. Ali já me senti mais em meu elemento natural, por encontrar, de ambos os lados, enormes volumes de grandes máquinas, todas bastante oxidadas e muitas quebradas, mas algumas ainda completas. Vocês sabem do meu fraco por mecanismos; assim, me senti inclinado a me demorar um pouco mais entre elas, principalmente pelo fato de constituírem, em sua maior parte, quebra-cabeças que me levavam a ter uma vaga ideia de a que se destinavam. Imaginei que, se pudesse solucionar esses enigmas, teria nas mãos o poder que seria de grande utilidade contra os morlocks.

Então, Weena chegou perto de mim de forma tão repentina que me surpreendeu.

Se não fosse por ela, acho que não teria notado que o chão da galeria tinha um declive.[3] A extremidade por onde eu entrara estava bastante acima do solo e era iluminada por poucas janelas, estreitas como fendas. Conforme caminhávamos ao longo do lugar, o chão ia subindo à altura dessas janelas, até haver, por último, um poço como a área de uma casa londrina, perante cada uma delas, e apenas uma estreita linha iluminada em cima. Percorri devagar a galeria, perplexo com as máquinas, tão focado que não notei a gradual diminuição de luz, até que a crescente apreensão de Weena me chamou atenção.

Então reparei que a galeria acabava por descer até uma densa escuridão. Hesitei quanto a prosseguir ou não e, ao olhar ao redor, notei que a poeira ali era menos abundante e a superfície, menos regular. Mais adiante, em direção à escuridão, parecia marcada por uma série de pegadas pequenas e estreitas. Com isto, renasceu a minha impressão da presença imediata dos morlocks. Senti que desperdiçava o tempo na análise acadêmica do maquinário. Recordei que a tarde já avançava bastante e que ainda não tinha arma alguma nem refúgio ou meio de fazer fogo. Então, lá embaixo, na remota negritude da galeria, escutei um tamborilar peculiar e aqueles mesmos ruídos estranhos que ouvira no fundo do poço.

Peguei a mão de Weena e a larguei, com uma ideia súbita. Voltei-me para uma máquina da qual se projetava uma alavanca em nada diferente daquelas nas guaritas de sinalização. Subi na plataforma da máquina, agarrei a alavanca e, com toda a força, a

---

3. É bem possível que, na verdade, o museu é que estivesse localizado na lateral de uma colina. (Nota da edição original.)

empurrei para o lado. Weena, abandonada no corredor central, pôs-se a choramingar. Eu avaliara corretamente a robustez da alavanca, pois ela se rompeu após um minuto de esforço, e voltei ao lado de Weena empunhando uma clava mais que suficiente, julguei eu, para qualquer crânio de morlock que pudesse encontrar.

E eu ansiava muito matar um ou dois. Podem pensar que é desumano querer matar um descendente seu, porém era um tanto impossível sentir qualquer humanidade naqueles seres. Somente a minha aversão a deixar Weena e a certeza de que, se me pusesse a satisfazer a sede de sangue, a minha Máquina do Tempo poderia pagar por isso me impediram de correr para a galeria e eliminar os brutamontes que eu ouvia.

Com a clava em uma mão e Weena na outra, saímos da galeria e entramos em outra ainda maior e que, à primeira vista, lembrou-me de uma capela militar decorada com bandeiras esfarrapadas. Os farrapos marrons e chamuscados que pendiam nos lados percebi serem vestígios apodrecidos de livros. Há muito esfacelados e sem qualquer vestígio de impressão. Mas as tábuas empenadas e rachadas e dobradiças metálicas espalhadas por ali eram bastante esclarecedoras.

Se eu fosse um literato, talvez tivesse interpretado moralmente a respeito da futilidade de todas as ambições, mas, devido às circunstâncias, o que mais me impressionou foi o enorme desperdício de trabalho, em vez de esperança, que a sombria galeria de papel em decomposição testemunhava. Naquele momento, embora possa parecer mesquinho, confesso que pensei, sobretudo, nas *Transações filosóficas*[4] e nos meus dezessete artigos versando sobre óptica ondulatória.

Então, subindo uma escadaria larga, chegamos a um lugar que outrora pode ter sido uma galeria de química técnica. Ali eu não tinha a mínima esperança de fazer alguma descoberta útil.

---

4. Primeira revista científica do mundo, começou a ser publicada pela então recém-formada Royal Society de Londres, em 1662. (N.T.)

Exceto em uma extremidade, onde o forro desabara, a galeria estava bem conservada. Aproximei-me ansioso de cada mostruário intacto. Por último, em uma das vitrines perfeitamente herméticas, encontrei uma caixa de fósforos. Testei-os com ansiedade. Estavam em perfeitas condições, nem mesmo úmidos.

Virei-me para Weena:

– Dance! – exclamei em seu idioma, pois agora eu possuía uma arma de verdade contra as horríveis criaturas que temíamos.

E assim, naquele museu abandonado, sobre o espesso e macio tapete de pó e para o enorme prazer de Weena, executei solenemente uma espécie de dança complexa, assobiando "The Land of the Leal"[5] com toda a jovialidade que consegui. Parte era um modesto cancã, parte sapateado, dança com saia rodada (o quanto a minha casaca permitia) e uma parte original. Isso porque sou naturalmente criativo, como sabem.

Agora ainda acredito que o fato de essa caixa de fósforos ter escapado ao desgaste do tempo durante anos imemoriais é algo tão estranho quanto sorte. No entanto, o que é bastante esquisito é que encontrei uma substância ainda mais improvável: cânfora. Encontrei-a em um pote vedado que, por acaso, assim penso, ficara muito hermeticamente selado. Primeiro imaginei que fosse parafina sólida, e assim quebrei o frasco. Mas o cheiro da cânfora é inconfundível. Fiquei muito surpreso que, na decomposição universal, essa substância volátil conseguira sobreviver, talvez muitos milhares de séculos. Recordou-me um quadro a sépia que vira certa vez, feito com a tinta de um belemnite[6] que devia ter morrido e se fossilizado há milhões de anos antes. Quase cheguei a descartar a cânfora, mas então me lembrei de que era inflamável e que produzia uma bela chama, então a guardei no bolso.

---

5. Uma das mais antigas e famosas canções nacionais escocesas, em forma de lamento, de autoria de Robert Burns. (N.T.)

6. Animal carnívoro surgido no período Carbonífero, semelhante às lulas, que possuía um corpo macio ao redor de uma concha interna. (N.T.)

Entretanto, não encontrei explosivo algum, tampouco qualquer outro meio de arrombar as portas de bronze. Até então, o meu pé de cabra de ferro era o objeto mais útil com o qual tinha deparado. Mesmo assim, abandonei a galeria muito animado pelas descobertas.

Não consigo lhes contar a história completa da exploração daquela longa tarde; exigiria um grande esforço de memória enumerar tudo na ordem correta. Lembro-me de uma galeria comprida que continha estandes enferrujados com armamento militar de todas as épocas, e de que hesitei entre o pé de cabra e um machado ou uma espada. Entretanto, não conseguiria carregar ambos, e a barra de ferro era mais promissora para as portas de bronze. Havia revólveres, pistolas e rifles enferrujados, a maioria tomada pela ferrugem, porém muitos, de alumínio, ainda pareciam em estado bastante bom. Mas qualquer cartucho ou pólvora que lá houvesse com certeza tinha apodrecido até virar pó. Notando um canto queimado e destruído, imaginei ter, talvez, havido uma explosão entre os modelos expostos. Outra parte alojava uma vasta coleção de ídolos: polinésios, mexicanos, gregos, fenícios... acredito que de todos os países do mundo. E ali, cedendo a um impulso irresistível, escrevi o meu nome no nariz de um monstro de pedra-sabão sul-americano que me agradou sobremaneira.

Conforme a noite se aproximava, o meu interesse diminuiu. Percorri galerias e mais galerias, poeirentas, silenciosas, frequentemente em ruínas, com as mostras que, às vezes, eram meros amontoados de ferrugem e linhita,[7] às vezes mais novas. Em certo lugar, de repente, encontrei uma maquete de mina de estanho e então, inadvertidamente, descobri em um estojo hermético dois cartuchos de dinamite.

– Eureca! – gritei e quebrei a caixa com alegria.

Então, surgiu a dúvida. Hesitei e depois escolhi uma pequena galeria lateral para o experimento. Jamais senti tamanho amargo

---

7. Rocha sedimentar macia formada pela compressão de turfa. (N.T.)

desapontamento como então, esperando cinco, dez, quinze minutos pela explosão, que nunca ocorreu. É claro que se tratava de modelos, como poderia ter pressuposto por sua presença ali. Acredito realmente que, se não fosse assim, teria corrido imediatamente e explodido a esfinge, os portões de bronze e, conforme acabou sendo, minhas chances de encontrar a Máquina do Tempo, tudo junto para a inexistência.

Foi depois disso, creio eu, que chegamos a um pequeno pátio aberto, dentro do palácio, gramado, com três árvores frutíferas. Foi ali que descansamos e nos refrescamos.

Perto do pôr do sol, comecei a considerar a nossa posição. A noite caía, e meu esconderijo inacessível ainda não fora encontrado. Naquele momento, porém, aquilo pouco me preocupava. Tinha em meu poder algo que talvez fosse a melhor de todas as defesas contra os morlocks: fósforos! Também tinha cânfora no bolso, caso precisasse de uma chama. Pareceu-me que o melhor que poderíamos fazer era voltar a passar a noite ao relento, protegidos por uma fogueira.

De manhã, haveria a Máquina do Tempo a buscar. Para este fim, possuía apenas minha clava de ferro. Mas agora, com mais conhecimento, me sentia de forma muito diferente do que antes em relação às portas de bronze. Até então, havia me contido para não forçá-las, em grande parte, devido ao mistério do que haveria do outro lado. Jamais me deram a impressão de serem muito fortes, e tinha a esperança de constatar que a barra de ferro não era, afinal de contas, inadequada para a tarefa.

11. Na escuridão da floresta

Deixamos o palácio quando ainda se via parte do sol acima da linha do horizonte. Eu estava determinado a chegar até a esfinge branca bem cedo na manhã seguinte, e me propus, antes do crepúsculo, a adentrar o bosque que me deteve na jornada anterior. Meu plano era ir o mais longe possível naquela noite e, então, acender uma fogueira perto de nós e dormir sob a proteção do fogo. Assim, fui apanhando todo graveto ou grama seca pelo caminho e já estava com os braços carregados. Por causa disso, nosso progresso foi bem mais lento do que eu havia antecipado, e além disso Weena estava cansada. Também comecei a ficar com sono; a noite já tinha caído quando chegamos ao bosque.

Se fosse por Weena, teríamos parado na encosta coberta de arbustos, na borda do bosque, pois temia a escuridão adiante de nós. Mas uma sensação de calamidade iminente, que deveria mesmo ter me servido de aviso, levou-me a prosseguir. Eu não dormia há uma noite e dois dias, e estava agitado e irritadiço. Senti o sono chegar e, com ele, os morlocks.

Enquanto hesitávamos, observei três figuras agachadas, escuras contra o céu, entre os arbustos na colina acima, atrás de nós. Havia moitas e capim alto ao nosso redor e não me senti seguro com aquela aproximação insidiosa. Segundo meus cálculos, a floresta ficava a cerca de um quilômetro e meio de distância. Se conseguíssemos atravessá-la, a encosta que a seguia era um descampado e me parecia um local mais seguro de descanso. Pensei que, com os fósforos e a cânfora, conseguiria manter o caminho iluminado através do bosque. Entretanto, era evidente que, se eu acendesse fósforos com as mãos, teria de deixar a lenha para trás. Assim, muito a contragosto, coloquei-a no chão.

Aí tive a ideia de que distrairia nossos amigos detrás se a acendesse. No final, descobriria a imensa tolice do procedimen-

90

to, mas, naquele momento, a ideia me pareceu uma forma muito engenhosa de encobrir a nossa retirada.

Não sei se alguma vez já pararam para pensar o quanto devem ser extraordinárias as chamas e a ausência de homens em um clima temperado. É raro o calor do sol ser forte o suficiente para iniciar fogo, mesmo quando concentrado por gotas de orvalho, como ocorre às vezes em regiões mais tropicais. Relâmpagos podem explodir e escurecer, mas raramente iniciam um incêndio que se espalha. A vegetação em decomposição pode, ocasionalmente, arder mesmo sem chamas com o calor da fermentação, mas raramente resulta em chamas. Nessa época decadente, a arte de fazer fogo foi totalmente esquecida na Terra. As línguas avermelhadas que lambiam meu monte de lenha constituíam algo novo e, ao mesmo tempo, estranho para Weena.

Ela queria correr até lá e brincar com elas. Creio que teria se atirado no fogo caso não a tivesse impedido. Mas eu a detive e, apesar de ela ter resistido, a empurrei audaciosamente para dentro da mata. Meu fogo nos iluminou o caminho por alguns passos e, olhando para trás, pude ver, através de um amontoado de árvores, que do meu monte de gravetos as chamas haviam saltado para algumas moitas adjacentes e que uma linha curva de fogo se esgueirava pela grama colina acima, o que me fez rir.

Então, me voltei em direção às árvores sombrias adiante. Estava muito escuro, e Weena se agarrou convulsivamente a mim. Entretanto, conforme meus olhos se acostumaram à escuridão, ainda havia luz suficiente para evitar tropeços. Acima das nossas cabeças, a escuridão era total, com exceção de algumas lacunas esparsas do remoto céu azul tremeluzindo. Não acendi nenhum fósforo por não ter as mãos livres. O braço esquerdo carregava a pequena e a mão direita tinha a barra de ferro que arrancara da máquina.

Durante certa parte do caminho, não ouvi nada além do crepitar dos galhos sob os pés, o suave farfalhar da brisa acima de mim, da minha respiração e do pulsar dos vasos sanguíneos. Então, escutei, talvez, um tagarelar próximo.

Segui o caminho sombriamente. As vozes foram se tornando mais distintas e logo escutei os mesmos sons e vozes estranhas que ouvira antes, no mundo inferior. Havia, evidentemente, vários morlocks, e eles estavam se aproximando. Decorrido mais um minuto, senti um puxão no casaco e então no braço. Weena tremeu violentamente e ficou imóvel. Estava na hora de acender um fósforo, mas, para pegar um, tinha de colocá-la no chão. Foi o que fiz e, imediatamente, enquanto procurava no bolso, uma luta teve início na escuridão, na altura dos joelhos, totalmente silenciosa da parte de Weena, e com os mesmos sons peculiares como arrulhos por parte dos morlocks. Senti ainda mãozinhas suaves apalpando meu casaco e costas, tocando até o meu pescoço.

Risquei o fósforo, que crepitou, e o estiquei, chamejante. Imediatamente, as costas brancas dos morlocks se tornaram visíveis, enquanto fugiam por entre as árvores. Rapidamente, peguei um tanto de cânfora do bolso e me preparei para acendê-la assim que o fósforo se apagasse.

Então observei Weena, deitada agarrada ao meu pé, totalmente inerte, com o rosto virado para o chão. Inclinei-me até ela, repentinamente assustado. Ela mal parecia respirar. Acendi a pelota de cânfora e a atirei ao chão. Enquanto se partia e as chamas se elevavam, afastando os morlocks e as sombras, me ajoelhei e a ergui. O bosque atrás de mim parecia fervilhar com os movimentos e murmúrios de um grande grupo de criaturas.

Ela parecia ter desmaiado. Depositei-a com cuidado sobre o ombro e me ergui para prosseguir, porém entendi algo horrível.

Enquanto lidava com os fósforos e Weena, virei-me várias vezes e não tinha mais a mínima ideia de qual direção deveria seguir. Pelo que sabia, poderia estar voltando para o palácio de porcelana verde.

Comecei a suar frio. Tinha de pensar rápido no que fazer. Resolvi acender uma fogueira e acampar onde estávamos. Depositei Weena, ainda imóvel, sobre um tronco coberto de relva e, com muita pressa, enquanto a primeira pelota de cânfora se consumia, comecei a juntar galhos e folhas.

Em meio à escuridão que me circundava, os olhos dos morlocks reluziam como granadas.

Então a cânfora tremeluziu e se apagou. Acendi um fósforo e, ao fazê-lo, vi duas formas brancas que vinham se aproximando de Weena fugir às pressas. Uma das criaturas ficou tão cega que veio diretamente ao meu encontro, e ao esmurrá-lo, senti seus ossos estalarem. Soltou um grito consternado, cambaleou um tanto e acabou desabando.

Incendiei outro pedaço de cânfora e continuei a apanhar lenha para a fogueira. Logo notei como parte da folhagem acima de mim estava seca, pois desde que chegara na Máquina do Tempo, havia cerca de uma semana, não chovera. Assim, em vez de procurar galhos caídos entre as árvores, comecei a pular e puxar galhos para baixo. Em breve, obtive uma fogueira fumarenta e asfixiante de madeira verde e galhos secos, podendo assim poupar as outras bolotas de cânfora.

Voltei-me então para onde Weena estava, deitada ao lado da minha clava de ferro. Fiz o que pude para reanimá-la, mas ela continuou como se estivesse morta; nem consegui perceber se respirava ou não.

A fumaça da fogueira me envolveu e deve ter-me entorpecido de repente. Além disso, o vapor da cânfora estava no ar. A fogueira não precisaria ser reabastecida por cerca de uma hora; sentindo-me muito cansado após o esforço, acabei sentando. O bosque estava repleto de murmúrios calmantes que eu não entendia.

Pareceu que mal minha cabeça pendeu de sono e já reabri os olhos. Tudo escuro ao redor, eu estava nas mãos dos morlocks. Arrancando seus dedos de mim, apressei-me a buscar a caixa de fósforos no bolso e... tinha desaparecido! Então, eles voltaram a me agarrar e a me cercar.

Num instante, percebi o ocorrido. Eu adormecera e a fogueira tinha se apagado; a amargura da morte tomou-me a alma. A floresta parecia impregnada do odor de madeira queimada. Fui agarrado pelo pescoço, pelo cabelo, pelos braços e derrubado. Era indescritivelmente horrível, na escuridão, sentir todas aquelas criaturas amontoadas por cima de mim. Parecia estar em uma monstruosa teia de aranha. Fui subjugado e cedi.

Senti dentinhos mordiscando meu pescoço. De repente, rolei e, ao fazê-lo, minha mão alcançou a alavanca de ferro. De algum modo, ela me deu força para mais um impulso. Lutei para me erguer, livrando-me daquelas ratazanas humanas e, segurando firme a barra, golpeei onde achava que os rostos poderiam estar. Pude sentir a carne e os ossos deles cedendo e sangrando devido aos golpes e, por um momento, me livrei.

A estranha exultação que, com tanta frequência, parece resultar da luta, me tomou. Sabia que tanto Weena quanto eu estávamos perdidos, mas estava determinado a fazer os morlocks pagarem caro pela carne. Postado de costas para uma árvore, girei a barra de ferro à frente. O bosque inteiro ficou tomado por rebuliço e gritos.

Passou um minuto. Suas vozes pareceram atingir um tom mais alto de agitação e seus movimentos se tornaram mais rápidos. Ainda assim, nenhum chegou ao meu alcance. Fiquei encarando a escuridão. Então, de repente, senti esperança.

E se os morlocks não fossem corajosos?

E, ainda, algo estranho aconteceu. A escuridão parecia ficar luminosa. Comecei a vislumbrar, ainda de forma pouco nítida, os morlocks ao redor – três, abatidos aos meus pés –, e então percebi com incrédula surpresa que os outros corriam, num fluxo incessante, como me pareceu, vindo de trás de mim e se afastando pelo bosque adiante. E suas costas não me pareceram mais brancas, mas avermelhadas.

Enquanto eu permanecia boquiaberto, notei, através de uma abertura entre os galhos, uma pequena faísca rubra pairando e então desaparecendo. Foi aí que compreendi o cheiro de madeira queimando, o sonolento murmúrio crescendo e se tornando um tempestuoso rugido, o brilho vermelho e a fuga dos morlocks.

Saindo de trás da árvore e olhando para trás vi, entre os pilares das árvores mais próximas, as labaredas da floresta em chamas. Não havia dúvidas, era a minha primeira fogueira vindo na minha direção. Procurei por Weena, mas ela havia desaparecido. O chiar e crepitar atrás de mim, o baque explosivo de cada árvore viva se incendiando, deixava pouco tempo para reflexão. Com a barra de ferro ainda na mão, segui os morlocks pelo mesmo caminho.

A corrida foi muito dura. Logo, à direita, as labaredas avançavam tão rápido enquanto eu corria, que fui barrado e tive de fugir para a esquerda. No fim, emergi em uma pequena clareira e, quando surgi, um morlock veio disparando na minha direção e, passando por mim, foi direto para o fogo.

Naquele momento eu estava para presenciar a cena que acredito ser a mais estranha e horrível de tudo o que observei naquela época futura.

O espaço todo em que me encontrava estava tão iluminado quanto o dia pelo reflexo do fogo. No centro, um montículo, ou colina, encimado por um espinheiro chamuscado. Além desse monte, encontrava-se outro prolongamento da floresta em chamas, no qual já se contorciam línguas alaranjadas, cercando completamente o espaço como uma cerca de fogo. No alto da colina, havia talvez uns trinta ou quarenta morlocks, ofuscados pela luz brilhante e o enorme calor da fogueira, desorientados, tropeçando uns nos outros. De início, em um acesso de pavor, não percebi sua cegueira e batia furiosamente neles com a barra quando se aproximavam de mim, matando um e aleijando vários outros. Porém, quando observei os gestos de um deles se debatendo embaixo do espinheiro contra o céu avermelhado e ouvi os seus gemidos, a que todos deram vazão, assegurei-me de que se encontravam totalmente impotentes e me abstive de golpeá-los mais. Entretanto, às vezes um deles vinha diretamente sobre mim, desencadeando tremendo horror e fazendo que eu me esquivasse dele rapidamente. Em certo momento, as chamas se aquietaram de alguma forma, e temi que as criaturas abomináveis conseguissem passar a me enxergar. Pensei mesmo em começar a luta, matando alguns dos morlocks antes que isso acontecesse, mas o fogo tornou a irromper, brilhante, e refreei o impulso. Percorri a colina andando entre eles, evitando-os, procurando por algum sinal de Weena, porém nada encontrei.

Finalmente me sentei no cume da colina e observei o grupo estranhamente incrível de cegos, tateando para lá e para cá e fazendo sons estranhos uns para os outros conforme o brilho do fogo os iluminava. A erupção espiralada de fumaça fluía pelo céu, e por entre os raros farrapos daquele dossel rubro, tão remotas como se pertencessem a outro universo, brilhavam as estrelinhas. Dois ou três morlocks vieram tropeçando na minha direção e os afastei aos murros, mesmo tremendo ao fazê-lo. Durante a maior parte daquela noite me senti persuadido que aquilo tudo se tratava de um pesadelo. Cheguei a me morder e a gritar buscando ardentemente acordar. Bati no solo com as mãos, fiquei em pé, tornei a me sentar, vaguei por ali e novamente me sentei no cume do monte. Então esfreguei os olhos e pedi a Deus que me permitisse despertar. Três vezes vi os morlocks baixarem a cabeça numa espécie de agonia e correrem para as chamas. Finalmente, acima do persistente escarlate do fogo, acima das constantes correntes de fumaça preta, dos tocos de árvores esbranquiçados e enegrecidos e da quantidade decrescente dessas sinistras criaturas, veio a luz branca do dia.

Voltei a procurar por algum sinal de Weena na colina, mas não consegui achar. Temi descobrir os seus restos mutilados, mas obviamente deviam ter abandonado o pobre corpinho na floresta. Não consigo descrever o quanto fiquei aliviado em pensar que tivesse escapado do destino terrível a que parecia predestinado. Ao pensar nisso, quase dei início a um massacre das abominações indefesas ao redor, mas me contive. O cume, como já contei, era um tipo de ilha no meio da floresta. Do topo, consegui divisar, em meio à fumaça, o palácio de porcelana verde e, a partir dele, poderia me orientar até a esfinge branca. Assim, abandonando o restante daquelas almas detestáveis que corriam para lá e para cá gemendo enquanto o dia clareava, amarrei um pouco de capim na sola dos pés e fui mancando por entre cinzas fumegantes e troncos escurecidos que ainda pulsavam internamente com fogo, em direção ao esconderijo da Máquina do Tempo.

Caminhava devagar, por estar quase exausto, além de manco, e me sentia em estado de mais intensa desgraça por conta da morte horrível da pequena Weena, o que naquele momento me parecia uma calamidade avassaladora. Mesmo agora, enquanto lhes conto a este respeito, nesta antiga sala familiar, mais parece a tristeza de um sonho do que uma perda real. O ocorrido tornou a me deixar absolutamente só naquela manhã, terrivelmente só. Comecei a pensar nesta minha casa, nesta lareira, em alguns de vocês, e com tais pensamentos senti uma saudade dolorida.

Enquanto caminhava pelas cinzas fumegantes na manhã clara, fiz uma descoberta. No bolso da calça ainda havia alguns fósforos soltos, deviam ter caído da caixa antes de eu a perder!

12. A armadilha da esfinge branca

Por volta das oito ou nove da manhã, cheguei ao mesmo banco de metal amarelo do qual observei o mundo na noite da minha chegada. Pensei nas conclusões apressadas daquela noite e não consegui conter o riso amargo da minha segurança. Ali estava a mesma bela paisagem, a mesma folhagem abundante, os mesmos palácios esplêndidos e ruínas magníficas, o mesmo rio prateado fluindo entre margens férteis. As roupas alegres do belo povo se movendo para cá e para lá por entre as árvores. Algumas pessoas se banhavam exatamente no mesmo local em que eu salvara Weena, o que repentinamente me fez sentir uma profunda pontada. E, como borrões na paisagem, erguiam-se cúpulas acima dos caminhos para o mundo inferior. Agora entendia o que toda aquela beleza do mundo superior encobria. Seus dias eram muito agradáveis, tão agradáveis quanto os do gado pastando no campo. Como o gado, essas pessoas não conheciam inimigos nem tinham que se preocupar com a satisfação de suas necessidades. E seu fim era o mesmo.

Afligia-me pensar o quanto foi breve o sonho do intelecto humano. Ele cometera suicídio. Ajustou-se firmemente no conforto e na facilidade, criou uma sociedade equilibrada com segurança e estabilidade como lemas, alcançando suas esperanças, para acabar naquilo. Outrora, a vida e a propriedade devem ter alcançado segurança quase absoluta. Os ricos se sentiam seguros quanto à riqueza e ao conforto, os trabalhadores, da sua vida e do emprego. Sem dúvida, naquele mundo perfeito, não existiam problemas de desemprego nem questões sociais sem resolução. Uma grande calmaria se seguiu.

É uma lei da natureza que negligenciamos: o fato da versatilidade intelectual ser a compensação da mudança, do perigo e problemas. Um animal em perfeita harmonia com o seu meio ambiente é um mecanismo perfeito. A natureza jamais apela à inteligência até que o hábito e o instinto se mostrem inúteis. Não existe inteligência onde não há mudança ou necessidade dela. Apenas enfrentam os animais que uma enorme variedade de necessidades e perigos são providos de inteligência.

Assim, do meu ponto de vista, o homem do mundo superior se desviou para a sua beleza frágil, e o do inferior, para uma indústria meramente mecânica. Mas para aquele estado perfeito faltara uma coisa, até, de perfeição mecânica: a permanência absoluta. Aparentemente, à medida que o tempo passou, a alimentação do mundo inferior, por qualquer meio que fosse obtida, desestruturou-se. A necessidade, repelida por alguns milhares de anos, tornou a voltar e começou por baixo. É provável que o mundo inferior, por ter contato com as máquinas que, não importa o estado de perfeição, requerem certo raciocínio fora do habitual, tenha retido, à força, mais iniciativa, mesmo que menos outros aspectos do caráter humano, que o mundo superior. E, quando houve escassez de carne, o povo inferior se voltou ao velho hábito até então proibido. Digo isso por minha última visão do ano de 810.701. Pode ser que a explicação seja a mais errônea que a inteligência humana pode ter inventado, mas foi assim que a coisa se mostrou para mim e é como eu lhes transmito.

Após a fadiga, a agitação e os terrores dos últimos dias, e apesar da minha tristeza, aquele banco, a vista tranquila e o sol ameno foram muito agradáveis. Estava muito cansado e sonolento, assim o meu filosofar logo se transformou em soneca. Percebendo, aceitei a sugestão e, me esticando sobre a relva, dormi um sono longo e revigorante.

Acordei pouco antes do pôr do sol. Agora me sentia seguro no sentido de não ser apanhado cochilando pelos morlocks e, me espreguiçando, desci a colina até a esfinge branca. Tinha o pé de cabra em uma mão, e a outra brincava com os fósforos no bolso.

Então ocorreu a coisa mais inesperada. Quando me aproximei do pedestal da esfinge, descobri os painéis de bronze abertos. Haviam deslizado por umas canaletas.

Diante disso, lá parei, hesitando em entrar.

No interior, havia um pequeno cômodo e, numa área mais elevada de um canto, estava a Máquina do Tempo. Eu tinha as pequenas alavancas no bolso. Então, após todos os preparativos elaborados para o cerco à esfinge branca, encontrei uma rendição pacífica. Deixei cair a barra de ferro, quase triste por não usá-la. Tive um pensamento repentino quando me abaixei em direção ao portal. Pelo menos uma vez, compreendi o modo de pensar dos morlocks. Reprimindo uma vontade forte de rir, passei pelos batentes de bronze e fui até a Máquina do Tempo. Fiquei surpreso ao descobrir que havia sido cuidadosamente lubrificada e limpa. Suspeitei até que os morlocks a tivessem desmontado parcialmente enquanto tentavam, em sua ignorância, perceber seu propósito.

Ao examiná-la e sentindo prazer pelo simples fato de tocá-la, o que eu esperava aconteceu. De repente, os painéis de bronze deslizaram, batendo no batente com um tinido. Eu fiquei no escuro... preso. Assim pensavam os morlocks! Então, ri satisfeito.

Já conseguia ouvir o riso baixinho deles conforme se aproximavam. Com muita calma, tentei riscar um fósforo. Eu tinha apenas que ajustar as alavancas e partir, feito um fantasma. Mas negligenciei um pormenor... os fósforos eram daquele tipo abominável que acende apenas na lateral de uma caixa.

Vocês podem imaginar como toda minha calma evaporou. Os pequenos brutamontes estavam ao meu lado. Um deles me tocou. Girando, dei um golpe com a alavanca no escuro e comecei a subir no selim da Máquina. Então uma mão me segurou... e mais outra.

Tive apenas de lutar contra seus dedos persistentes sobre as alavancas e, ao mesmo tempo, tatear os encaixes onde deveriam se ajustar. Eles quase arrancaram uma das alavancas de mim. Quando me escorregou da mão, tive de dar uma cabeçada no escuro e ouvi o crânio de um morlock estalar. Acredito que essa última tenha sido a luta mais comparável à que ocorreu na floresta.

Finalmente, a última alavanca foi fixada e puxada. As mãos que me agarravam escorregaram de cima de mim. A escuridão desapareceu dos meus olhos. Percebi estar na mesma luz cinzenta e no tumulto que já descrevi.

13. A visão posterior

Já lhes contei do enjoo e da confusão que acontece com a viagem no tempo. E dessa vez eu não estava sentado de forma correta no selim, estava de lado e em posição instável. Por um tempo indeterminado, eu me agarrei à máquina enquanto ela balançava e vibrava, sem prestar muita atenção em como ela ia, e quando voltei à consciência e olhei para os mostradores novamente fiquei surpreso ao descobrir até onde havia chegado. Um ponteiro registra os dias, outro, milhares de dias, outro, milhões de dias e outro ainda milhares de milhões de dias. Só que, em vez de reverter as alavancas, eu havia puxado para avançar com elas, e quando vim a olhar aqueles mostradores descobri que o ponteiro dos milhares girava tão rapidamente quanto o de segundos de um relógio, na direção do futuro.

Com muito cuidado, pois me lembrei de minha primeira queda de cabeça, comecei a reverter o movimento. Os ponteiros giraram cada vez mais devagar até que o dos milhares pareceu imóvel e o dos dias não era mais um borrão sobre o mostrador. E ainda mais devagar até que a névoa cinzenta ao redor se tornou mais distinta e o contorno turvo de uma colina baixa e do mar ficou visível.

Porém, quando o movimento se tornou mais lento, descobri que não havia o piscar da sucessão dos dias e das noites. Um crepúsculo contínuo pairava sobre a Terra, e a faixa de luz que havia indicado o sol havia, percebi, se tornado mais fraca, e de fato desaparecido até a invisibilidade no leste, e no oeste cada vez mais ampla e vermelha. A revolução das estrelas cada vez mais lenta cedera o lugar para o arrastar de pontos de luz. Finalmente, pouco tempo antes de eu parar, o sol, vermelho e enorme, pairava imóvel sobre o horizonte, uma enorme cúpula brilhando com um calor morno. O movimento da maré havia cessado. A Terra havia chegado a uma posição de descanso com uma face fixa diante do sol da mesma forma que em nossos dias a lua está diante da Terra.

Parei com muita suavidade e me sentei na Máquina do Tempo, olhando ao redor.

O céu não era mais azul; na direção do nordeste estava negro feito nanquim e na escuridão brilhavam intensa e continuamente as estrelas brancas e pálidas. Acima estava avermelhado e sem estrelas, e na direção do sul ficava mais claro até onde, cortado pelo horizonte, estava o disco imóvel do enorme sol púrpura.

As rochas perto de mim eram de uma cor avermelhada desagradável, e todo o vestígio de vida que pude ver no início foi a vegetação intensamente verde que cobria cada ponto em projeção no lado do sudeste. Era o mesmo verde intenso que se vê em musgos na floresta ou em liquens em cavernas, plantas que, como aquelas, crescem em penumbra permanente.

A Máquina estava parada em uma praia inclinada. O mar se estendia ao sudoeste elevando-se em um horizonte brilhante e intenso contra o céu pálido. Não havia quebra-mar nem ondas, pois não havia um sopro de vento se movendo. Apenas uma leve ondulação oleosa subia e descia como uma respiração suave e mostrava que o mar eterno ainda se movimentava e vivia. E, ao longo da margem onde a água por vezes quebrava, havia uma incrustação espessa de sal, rosada sob o céu lívido.

Tinha uma sensação de opressão na cabeça e percebi que respirava muito rapidamente. As sensações me fizeram lembrar minha única experiência de montanhismo, por isso deduzi que o ar estava mais rarefeito.

Ao longe, na encosta desolada, ouvi um grito áspero e vi uma coisa como uma enorme borboleta branca que voava, flutuando no céu, para cima e para baixo, em círculos, desaparecer por cima de umas colinas mais além.

O som de sua voz era tão soturno que estremeci e me sentei com mais firmeza sobre a Máquina.

Olhando ao redor vi que, bem perto de mim, o que eu havia tomado como um monte de rochas avermelhadas se movia lentamente na minha direção. Então, vi que a coisa era realmente uma criatura monstruosa semelhante a um caranguejo. Você pode imaginar um caranguejo tão grande quanto uma mesa, com suas inúmeras patas em um movimento lento e incerto, com suas enormes pinças oscilando, suas longas antenas se agitando como chicotes de carreteiros, brandindo e tateando, e seus olhos à espreita brilhando dos dois lados da fronte metálica? As costas eram enrugadas e ornamentadas com saliências desajeitadas e havia manchas de uma incrustação esverdeada distribuídas aqui e acolá. Pude ver inúmeros palpos saindo da boca complexa disparando e tateando ao se aproximar.

Enquanto encarava essa aparição sinistra rastejando na minha direção, senti uma comichão no rosto, como se uma mosca tivesse pousado ali.

Tentei espantá-la com a mão, mas em um instante ela voltou e quase imediatamente outra surgiu perto da orelha. Bati e peguei algo semelhante a um fio. Escapou rapidamente da minha mão. Com uma sensação de náusea assustadora, me virei e vi que tinha agarrado as antenas de outro caranguejo monstruoso que estava imediatamente atrás de mim. Seus olhos malévolos retorciam-se nas hastes, a boca ansiosa cheia de apetite, e suas pinças enormes e cruéis, manchadas com muco esverdeado, desciam sobre mim.

Em um instante, a minha mão estava sobre a alavanca da Máquina do Tempo e coloquei um mês entre mim e aqueles monstros. Mas senti que ainda estava na mesma praia e os vi claramente tão logo parei. Dezenas deles pareciam rastejar por lá sob a luz sombria entre as lâminas folhadas de intensa cor verde.

Não consigo transmitir a sensação de desolação abominável que pairava sobre o mundo. O céu avermelhado do leste, a escuridão ao norte, o mar morto de sal, a praia de seixos lotada desses horrendos e lerdos monstros rastejantes, o verde uniforme e venenoso das plantas semelhantes a líquen, o ar rarefeito que fazia os pulmões arderem, tudo contribuía para esse efeito apavorante.

Eu me movimentei cem anos e lá estava o mesmo sol púrpura, o mesmo mar moribundo, o mesmo ar gélido e a mesma multidão de crustáceos terrestres rastejando entre a erva verde e as rochas vermelhas.

Então viajei, parando de tempos em tempos, com enormes saltos de mil anos ou mais, movido pelo mistério do destino da Terra, rastreando, com estranha fascinação, como o sol foi ficando cada vez maior e mais amorfo no céu do poente, e a vida da velha Terra diminuindo. Por fim, mais de trinta milhões de anos adiante no futuro, a enorme cúpula ardente do sol havia chegado a obscurecer um sexto dos céus sombrios. Então parei, pois a multidão de caranguejos rastejantes desaparecera, e a praia vermelha, exceto pelas hepáticas de um verde pálido e os liquens, parecia novamente sem vida.

Assim que parei, um frio implacável me assaltou. O ar estava muito gelado e raros flocos brancos rodopiavam de vez em quando. Na direção do nordeste, a neve brilhava sob a luz estelar no céu sombrio e consegui ver um cume ondulante de montes brancos e rosados. Havia cristas de gelo ao longo da orla marítima, e massas à deriva mais ao longe, mas as principais extensões daquele oceano salgado todo ensanguentado sob o crepúsculo eterno ainda permanecia sem congelar.

Olhei em torno para ver se havia vestígios de algum animal. Certa apreensão indefinível ainda me mantinha sobre o selim da Máquina. Não via nada se movimentando na terra, no céu ou no mar. O musgo verde sobre as rochas testemunhava que a vida não estava extinta. Um banco de areia raso surgiu no mar, e a água havia recuado da praia. Acreditei ter visto um objeto negro saltitar sobre o banco de areia, mas não se movimentou quando fixei o olhar nele, por isso acreditei que meu olho havia me enganado e que o objeto fosse apenas uma rocha. As estrelas no céu eram intensamente brilhantes e me pareciam piscar muito pouco.

De repente, percebi que o contorno circular do sol, a oeste, havia mudado, que uma concavidade, uma reentrância, aparecia sobre a curva. Eu a vi aumentar. Durante um minuto, mais ou menos, encarei assombrado aquela escuridão que se adiantava sobre o dia e depois percebi que era um eclipse. Sem dúvida, como a lua se movimentava mais perto da Terra e a Terra do sol, deviam ocorrer com mais frequência.

A escuridão estendeu-se rapidamente, um vento frio começou a soprar em lufadas refrescantes do leste, e então os flocos brancos que rodopiavam no ar aumentaram. A maré subiu em uma ondulação e um sussurro. Além desses sons sem vida, o mundo era silencioso... silencioso! Seria difícil transmitir a sua quietude. Todos os sons da humanidade, o balido dos carneiros, o pio dos pássaros, o zumbido dos insetos, a agitação que cria o cenário de nossa vida, haviam desaparecido. Enquanto a escuridão se fechava, os flocos em redemoinho se tornavam mais abundantes, dançando diante dos olhos, e o frio do ar era mais intenso. Por fim, rapidamente, um após o outro, os picos brancos das colinas distantes desapareceram na escuridão. A brisa se transformou em um vento queixoso. Vi a sombra central preta do eclipse me envolvendo. Em outro momento, apenas as estrelas pálidas eram visíveis. Todo o restante estava envolto em completa obscuridade. O céu estava totalmente preto.

Fui tomado pelo horror dessa enorme obscuridade. O frio que penetrava até os ossos e a dor que sentia ao respirar me venceram. Tremi e senti uma náusea mortal se apoderar de mim. Então, como um arco vermelho e quente, a orla do sol surgiu no céu.

Saí da Máquina para me recuperar. Eu me sentia tonto e incapaz de enfrentar a viagem de volta. Enjoado e confuso, divisei novamente o movimento daquele ser no banco de areia – não havia dúvidas de que era algo em movimento –, que se destacava das águas vermelhas do mar. Era algo arredondado, talvez do tamanho de uma bola de futebol, ou maior, parecia preto em contraste com a água encapelada vermelho-sangue e saltitava irregularmente por lá. Então senti que estava desmaiando. Um temor terrível de ficar por lá, indefeso naquela penumbra remota, me animou e me fez subir no selim.

Foi assim que regressei para casa. Durante muito tempo devo ter ficado inconsciente sobre a Máquina. A sucessão de piscadas dos dias e das noites foi retomada, o sol ficou dourado novamente, e o céu, azul. Conseguia respirar com maior liberdade. Os contornos flutuantes da terra avançavam e recuavam. Os ponteiros giravam para trás nos mostradores. Finalmente voltei a ver as sombras indistintas das casas, evidências da humanidade decadente, que também mudaram e passaram, e outras se sucederam. No fim, quando o ponteiro dos milhões atingiu o zero, diminuí a velocidade e comecei a reconhecer nossa própria arquitetura, bela e familiar. O ponteiro dos milhares voltou ao ponto de partida, as noites e os dias se sucediam cada vez mais devagar. Então as velhas paredes do laboratório me rodearam. Com muito cuidado, diminuí a velocidade do mecanismo.

Vi uma coisinha que me pareceu estranha. Acho que já lhes contei que, quando parti, antes de acelerar, a sra. Watchett cruzou a sala, passando, ao que me pareceu, feito um foguete. Quando retornei, tornei a ver aquele minuto quando ela atravessou o laboratório. Mas todo movimento pareceu ser a exata inversão do anterior. A porta do fundo se abriu, ela deslizou calmamente pelo laboratório, principalmente para trás, e desapareceu pela porta por onde antes havia entrado.

Depois, parei a Máquina, e vi ao meu redor o antigo e familiar laboratório, minhas ferramentas e meus aparelhos exatamente como os havia deixado. Saí do selim ainda tremendo e sentei na bancada. Durante vários minutos, tremi violentamente, depois me acalmei. Ao meu redor via outra vez minha velha oficina, exatamente como a tinha deixado. Podia ser que tivesse dormido ali e tido um sonho.

No entanto, não foi bem isso. Tudo começou no canto sudeste do laboratório. A máquina repousava no lado noroeste, encostada à parede, onde vocês a encontrarão. Isso lhes dará a exata distância de meu pequeno gramado ao pedestal da esfinge branca.

Durante certo tempo, minha mente ficou inativa. Logo me levantei e vim pelo corredor, mancando, pois o calcanhar ainda doía, e me sentindo terrivelmente sujo. Vi o *Pall Mall Gazette* sobre a mesa perto da porta. Vi que a data era realmente a de hoje e, olhando para o relógio, observei que eram quase oito horas. Ouvi suas vozes e o barulho de pratos. Hesitei... estava tão fraco e enjoado. Então senti um cheiro bom de carne e abri a porta. O resto vocês sabem. Eu me lavei, jantei e agora estou lhes contando a história.

– Eu sei – acrescentou ele após um instante – que tudo isso lhes parecerá absolutamente incrível, mas, para mim, a coisa incrível é estar aqui hoje à noite, nesta velha sala familiar, olhando para os seus rostos e contando para todos essas estranhas aventuras.

Ele olhou para o Médico.

– Não, não posso esperar que acredite em mim. Tome tudo como uma mentira ou uma profecia. Digam que dormi na oficina. Considerem que andei especulando sobre o destino da nossa raça a ponto de ter criado esta ficção. Tratem a minha afirmação como verdadeira, como uma figura de estilo, para aumentar o seu interesse. Tomando-a como uma história, o que acham dela?

Ele pegou o cachimbo e começou à sua antiga maneira a tamborilar nas grades da grelha da lareira.

14. Após a história do Viajante do Tempo

Houve um silêncio momentâneo. Então as cadeiras começaram a ranger, e os sapatos, a se arrastar pelo tapete. Desviei os olhos do rosto do Viajante do Tempo e olhei seu público, na penumbra, com pequenos pontos de luz bailando à frente. O Médico parecia absorto contemplando o nosso anfitrião. O Editor observava com atenção a ponta do charuto – o sexto. O Jornalista dedilhava o relógio. Os outros, pelo que me lembro, não se movimentavam.

O Editor se ergueu com um suspiro.

– Pena que não seja um escritor! – começou ele, pousando a mão sobre os ombros do Viajante do Tempo.

– Você não acredita na narrativa?

– Bem...

– Achei que não. – O Viajante do Tempo se virou para nós.

– Onde estão os fósforos? – Acendeu um e falou, por cima das baforadas do cachimbo: – Eu mal acredito em mim, entretanto...

Seus olhos caíram com uma pergunta silenciosa sobre as flores brancas murchas sobre a mesinha. Então ele virou a mão que segurava o cachimbo e observou as cicatrizes mal curadas nos nós dos dedos.

O Médico se levantou, veio até o lampião e examinou as flores:

– O gineceu está diferente – observou.

O Psicólogo se inclinou para observar, estendendo a mão para o espécime.

– Nossa, falta apenas um quarto para a uma – avisou o Jornalista. – Como vamos voltar para casa?

– Há muitos tílburis na estação – respondeu o Psicólogo.

– É uma coisa curiosa – prosseguiu o Médico –, mas com certeza não sei a taxionomia dessas flores. Posso pegá-las?

O Viajante do Tempo hesitou, depois subitamente respondeu:

– Claro que não.

– Onde as conseguiu, de verdade? – questionou o Médico.

O Viajante do Tempo colocou a mão na cabeça. Falou como alguém que estivesse tentando manter uma ideia que lhe escapava da mente.

– Elas foram colocadas em meu bolso por Weena... quando viajei pelo Tempo. – Ele percorreu a sala com o olhar. – Que eu seja amaldiçoado se tudo isso não aconteceu. Esta sala e vocês e a atmosfera de todos os dias é demais para as minhas lembranças. Eu já fiz a Máquina do Tempo ou um modelo da Máquina do Tempo ou tudo não passa de um sonho? Dizem que a vida é um sonho, um sonho precioso e pobre, por vezes, mas não suportaria outro que não se ajustasse. É loucura. E de onde vem o sonho? Eu preciso olhar a Máquina. Se é que *existe* uma.

Ele pegou rapidamente o lampião e carregou sua chama avermelhada pela porta até o corredor.

Nós o seguimos.

Lá, sob a luz bruxuleante do lampião, estava a Máquina, com certeza, atarracada, feia e torta, um objeto feito de latão, ébano, marfim e de quartzo transparente brilhante. Sólida ao toque – pois coloquei a mão e senti o corrimão – e com manchas amarronzadas e danos no marfim, e pedaços de grama e musgo sobre as partes de baixo, e um corrimão empenado.

O Viajante do Tempo pôs o lampião sobre a bancada e passou a mão ao longo do corrimão empenado.

– Está tudo bem agora – disse. – A história que lhes contei é verdadeira. Desculpem tê-los trazido aqui fora... no frio.

Ele ergueu o lampião e retornamos para a sala de fumo em silêncio absoluto.

O Viajante do Tempo entrou no saguão conosco e ajudou o Editor com o casaco. O Médico encarou o rosto do anfitrião e com certa hesitação lhe disse que estava sofrendo de excesso de trabalho, observação da qual ele riu com vontade. Eu me lembro dele em pé sob a porta aberta, desejando-nos uma boa noite.

Dividi um tílburi com o Editor. Ele pensava que a história era uma "mentira deslavada". Da minha parte, fui incapaz de chegar a qualquer conclusão. A história era tão fantástica e incrível, a narrativa tão crível e sóbria. Fiquei deitado a maior parte da noite, acordado, refletindo sobre ela. Decidi procurar o Viajante do Tempo novamente no dia seguinte.

Disseram que ele se encontrava no laboratório, e, estando familiarizado com a casa, subi para encontrá-lo. No entanto, o laboratório estava vazio. Fiquei olhando a Máquina do Tempo por um instante e pousei a mão sobre ela, tocando uma alavanca. Com isso, o amontoado atarracado, balançou como se agitado pelo vento. Sua instabilidade me assustou extremamente e tive uma reminiscência estranha dos meus tempos de criança quando costumava ser proibido de mexer nas coisas. Voltei pelo corredor. O Viajante do Tempo me encontrou na sala de fumo. Ele vinha da casa. Tinha uma pequena máquina fotográfica sob um braço e uma mochila no outro. Ele riu ao me ver e estendeu um cotovelo para me cumprimentar.

– Estou terrivelmente ocupado – se justificou – com aquela coisa lá.

– Mas não é algum tipo de engodo? – questionei. – Você realmente viaja no tempo?

– Real e verdadeiramente. – Ele me olhou nos olhos com franqueza. Hesitou. Percorreu a sala com o olhar. – Só quero meia hora – declarou. – Sei por que veio, e é muita gentileza sua. Há algumas revistas aqui. Se vier para almoçar, vou provar esta viagem ao tempo para você com tudo que tem direito. Com espécimes e tudo. Você me desculpe, mas preciso sair!

Consenti, mal compreendendo então a importância total de suas palavras. Ele assentiu com a cabeça e seguiu pelo corredor. Ouvi a porta do laboratório batendo, me sentei em uma cadeira e peguei uma *New Review*. O que ele iria fazer antes do almoço? Então, subitamente, lembrei, devido a uma propaganda, que havia prometido encontrar Richardson, o Editor, às duas. Olhei o relógio e vi que mal conseguiria dar conta do compromisso. Eu me levantei e desci pelo corredor para contar isso ao Viajante do Tempo.

Ao tocar a maçaneta da porta, ouvi uma exclamação bastante truncada no fim, um clique e um ruído surdo. Uma rajada de vento me envolveu quanto abri a porta e de dentro veio o som de vidro quebrado caindo ao chão. O Viajante do Tempo não estava lá. Pareceu-me por um instante ter avistado uma figura fantasmagórica indistinta sentada sobre uma massa escura rodopiante de latão, uma figura tão transparente que a bancada de trás, com suas folhas de desenho, era absolutamente distinguível, mas logo percebi que esse fantasma era ilusório. O Viajante do Tempo havia partido. Exceto por poeira em movimento que ainda restava no ar, o espaço central do laboratório estava vazio. Parece que uma vidraça da claraboia acabara de cair.

Senti um assombro irracional. Sabia que algo estranho havia acontecido e por um instante não pude distinguir o que essa coisa estranha poderia ser. Enquanto estava lá estupefato, a porta que dava para o jardim se abriu, e um empregado apareceu.

Olhamos um para o outro. Então começaram a surgir ideias.

– O seu senhor... saiu por ali? – indaguei.

– Não, senhor. Ninguém saiu por esta porta. Eu esperava encontrá-lo aqui.

Então entendi tudo. Correndo o risco de desapontar Richardson, permaneci ali, aguardando o Viajante do Tempo, esperando a segunda história, talvez ainda mais estranha, e os espécimes e fotografias que traria consigo.

Mas começo a temer que terei de esperar a vida toda. O Viajante do Tempo desapareceu há três anos. Até o presente ele não retornou, e quando voltar encontrará esta casa nas mãos de estranhos e seu pequeno grupo de ouvintes fraturado para sempre. Filby trocou a poesia por peças de teatro e é um homem rico – tanto quanto os literatos podem ser – e extremamente impopular. O Médico está morto, o Jornalista está na Índia, e o Psicólogo sucumbiu à paralisia. Alguns dos outros homens que eu encontrava por lá desapareceram completamente da existência, como se eles também tivessem saído em viagem devido a anacronismos semelhantes. E assim, terminando em um tipo de beco sem saída, a história da Máquina do Tempo deve ficar até o presente, pelo menos.

Este livro foi impresso pela Gráfica Grafilar
em fonte Adobe Jenson Pro sobre papel Pólen Bold 70 g/m^2
para a Via Leitura.